I0613576

2/6

L'HOTEL DE CLUNY

AU MOYEN AGE.

IMPRIMERIE DE HENRI DUPUY,
Rue de la Monnaie, n. 11.

L'HOTEL DE CLUNY

AU MOYEN AGE,

PAR Mme DE SAINT-SURIN,

SUIVI

DES CONTENANCES DE TABLE

ET AUTRES POÉSIES INÉDITES
DES XVe ET XVIe
SIÈCLES.

PARIS.

CHEZ J. TECHENER,
PLACE DU LOUVRE.

1835

AVIS

Du Libraire-Éditeur.

—

La Notice sur l'Hôtel de Cluny *était composée dès le mois de juillet dernier ; l'auteur l'avait lue à diverses personnes, et particulièrement au possesseur de la riche collection de l'Hôtel de Cluny, qui reconnut lui-même que l'ouvrage qu'il se proposait de publier était d'une nature toute différente. Les* Notices *de M. Du Sommerard ont paru dans le courant du mois de décembre ; leur*

1

publication ne m'a pas détourné d'exécuter mon traité avec la dame spirituelle qui a esquissé le même sujet avec la grâce qui caractérise ses jolis ouvrages. Ce petit livre peut d'ailleurs être considéré comme un cadre dans lequel viennent s'enchâsser des opuscules inédits de notre ancienne poésie ; ces derniers seront surtout appréciés par les personnes qui recherchent dans les monumens de notre vieille littérature la peinture des mœurs d'autrefois.

Quelques circonstances ont retardé cette publication ; la principale a été l'indispensable nécessité de collationner une partie des poésies sur un manuscrit de la Bibliothèque du Roi.

J. TECHENER.

LES ouvrages de pure imagination tombent en discrédit; on veut des faits historiques ou des tableaux de mœurs; les mémoires sont surtout en vogue, bien qu'on en puisse citer auxquels l'imagination n'a pas été inutile : nous vivons de réalités; l'absolu positif prend la place de la timide fiction; les jeunes et poétiques illusions sont délaissées; le réveil s'approche!... Adieu les songes.... les vagues rêveries ne conviennent qu'aux malheureux... N'ont-ils pas besoin de se créer des chimères?

Chacun pourra s'assurer de l'exactitude du cadre que nous avons choisi. Cette Notice a pour objet le seul édifice romain que Paris puisse encore nous montrer.

Admis dans les rangs d'une grave société historique, nous apportons notre petite pierre pour contribuer à l'édifice que l'on se propose d'élever ; nous avons voulu faire preuve de bonne volonté, en consacrant quelques feuillets à un monument presque oublié, antique berceau de notre histoire.

Le récit d'une visite à l'Hôtel de Cluny, au Musée de M. Du Sommerard, rentre dans notre spécialité, dans ces peintures de scènes contemporaines, telles que nous en avons tracées dans notre *Miroir des Salons* [1]. La France gothique fait ici alliance avec la nouvelle ; tous les âges

---

[1] *Le Miroir des Salons*, 2ᵉ édition, précédé d'*Une semaine à Paris*, 1834. In-8. Chez Levavasseur.

sont en présence. Il nous a semblé que ces épo-
ques si diverses se prêteraient un mutuel appui,
et que les débris glacés des siècles écoulés se
ranimeraient au tourbillon de notre mouvante
actualité. Ainsi, à travers ces grandes images
de ce qui n'est plus, auprès de ces sveltes cariatides qui supportent le lit du preux et galant
François Ier, nous aimions à entendre la douce
et fraîche voix d'une jeune élégante, qui, par
une remarque légère, venait dérider le front
méditatif d'un grave personnage, absorbé dans
la pensée du moyen-âge, à la vue des pan-
neaux d'ébène, artistement ciselés, d'un cabinet gothique. Le monde vit de contrastes.

Nous écrivions cet opuscule au mois de juin
dernier. Nous le lûmes alors à M. Du Sommerard, qui s'occupait d'un travail étendu sur
l'Hôtel de Cluny et sur les trésors du moyen-
âge qu'il y a rassemblés. Son ouvrage vient de
paraître : c'est une histoire complète, une des-

cription détaillée ; tandis que le nôtre est un simple aperçu, un essai dans lequel nous effleurons, pour nous distraire, un sujet grave, sans cependant omettre les traits principaux de l'histoire du palais des Thermes, transformé depuis en l'Hôtel de Cluny [1].

Nous avons tâché de décrire avec quelque précision les ouvrages de nos anciens artistes qu'on admire dans la riche collection de M. Du Sommerard.

Nous nous plaisons à rendre hommage à l'homme éclairé qui rassemble et fait restaurer tant de raretés, chefs-d'œuvre des arts et de l'industrie de nos pères, à l'époque de la renaissance.

---

[1] M. Albert Le Noir a obtenu une médaille d'or de l'Institut, à l'occasion d'un projet de Musée historique, auquel serait consacré le palais des Thermes, réuni à l'Hôtel de Cluny. La mise à exécution de ce projet serait d'un grand intérêt pour les arts, et elle assurerait la conservation d'un monument fondamental de la nation franque.

M. Du Sommerard a mis à notre disposition six rondeaux adressés à la comtesse d'Angou-lême, mère de François Ier. Nous les avons joints à quelques autres poésies anciennes, qui peignent les mœurs et les usages du quinzième siècle. Un Avertissement particulier précède ces diverses pièces.

Rosa DE SAINT-SURIN.

L'HOTEL DE CLUNY

AU MOYEN AGE.

—

Ⓤɴ homme de lettres, possesseur dans un genre différent de ces vieilles richesses qui, au milieu des générations nouvelles, font revivre la mémoire d'illustres morts, nous conduisit dernièrement à l'Hôtel de Cluny. Avec le guide des souvenirs historiques, il nous aida à discerner les diverses curiosités que M. Du Sommerard y a rassemblées. Des ouvrages d'une industrie primitive montrent quels progrès les arts avaient encore à faire, tandis que des meubles gothiques, luxe du moyen-âge, remplissent ces mêmes appartemens qui ont vu Louis XII, le cardinal d'Amboise, Marie d'Angleterre, François Ier!...

Ces meubles sont imités et reproduits aujourd'hui par des artistes modernes, comme si notre société avait renoncé au privilége de l'invention. L'esprit humain tournerait-il donc toujours dans un même cercle? Ne devrions-nous pas plutôt chercher à profiter des résultats obtenus par nos devanciers pour tâcher de parvenir à une plus grande perfection? — C'est bien, nous répondra-t-on, pour ce qui a rapport au moral de l'homme; mais la mode, un motif si raisonnable peut-il exercer de l'influence sur elle? Ne la voit-on pas emprunter au moyen-âge des coiffures pour le bal? Les imitations des bas-reliefs des treizième et quatorzième siècles ne décorent-elles point les magasins de l'ébéniste? — La mode! argument irrésistible! se douterait-on qu'elle allât chercher ses modèles dans un vieil édifice de la rue des Mathurins-Saint-Jacques? Au reste, ce quartier respire encore le moyen-âge.

Avant d'engager le lecteur à nous accompagner dans les galeries de M. Du Sommerard, nous allons consacrer quelques instans à rechercher l'origine et les destinées du palais des Thermes, sur les ruines duquel a été élevé l'Hôtel de Cluny.

Les historiens ne s'accordent pas entre eux sur l'époque de la construction de ce palais, principale résidence des Césars à Lutèce. On croit généralement que Constance Chlore fut le premier empereur qui l'ait occupé, et qu'il y fit sa demeure principale pendant les quatorze années de son séjour dans les Gaules, tandis que son collègue Dioclétien régnait à Rome, et que Maximien Hercule et Maximien Galère gouvernaient d'autres portions de l'empire.

Un demi-siècle après, Julien, surnommé l'Apostat, habita comme gouverneur des Gaules ce même palais avec sa femme Hélène : « L'hiver est » fort doux dans ce lieu, » écrivait-il. L'hiver suivant la Seine charia des glaçons, et Julien regretta la molle Italie. Ce fut aux Thermes qu'en 360, les légions romaines, irritées de ce qu'un ordre de l'empereur Constance les envoyait combattre les Perses, vinrent saluer leur général du titre d'Auguste. Julien, cherchant à se soustraire à ce dangereux honneur, se retira dans les souterrains du palais, qui se prolongeaient jusqu'à la Seine et dont une partie existe encore; mais bientôt il crut ne pouvoir apaiser autrement les soldats mutinés, qu'en paraissant accéder à leur désir; et porté sur le bouclier, au défaut d'une couronne, on lui ceignit la tête d'un collier [1].

Constance, son oncle, fils du grand Constantin, furieux de la confiance que Julien avait inspirée aux troupes, fut sur le point de marcher contre lui ; mais il mourut, en 361, sans avoir pu se venger.

[1] Voyez la note A à la suite de cette Notice.

Le palais des Thermes et ses vastes jardins cou-
vraient tout l'espace sur lequel a depuis été bâti
le quartier de l'Université. On y ouvrit succes-
sivement la rue Saint-Jacques, celle de la Harpe,
et les autres voies qui traversent en tous sens
cette portion de Paris. Ce palais emprunta son
nom des bains magnifiques qu'on y éleva. L'u-
sage des bains était, chez les Romains, une
des premières nécessités de la vie [1] : on em-
bellissait les édifices qui y étaient destinés de
tout le luxe que l'architecture et les arts pou-
vaient offrir.

Des aqueducs amenaient aux Thermes les eaux
d'Arcueil. Ces beaux ouvrages des Romains, retrouvés du côté de la porte Saint-Jacques en
1544, avaient résisté au temps. Partout où ces
soldats conquérans portèrent leurs armes vic-
torieuses, ils plantèrent des trophées aussi dura-
bles que leur gloire; ils élevaient ainsi chez les
peuples vaincus des monumens destinés à trans-

[1] Voyez la note B à la suite de cette Notice.

mettre le souvenir de leurs triomphes aux siècles les plus reculés [1].

Les restes du palais des Thermes sont la seule antiquité romaine que Paris ait conservée. Une salle immense, terminée en voûte, est encore debout; hardie et légère, elle a cependant porté pendant bien des siècles un jardin dans lequel croissaient de grands arbres. Cette salle, d'une prodigieuse élévation, est tout à la fois noble et simple. On distingue encore à la naissance des arceaux des vestiges de naïades, indices de la première destination de l'édifice. Des escaliers, dont les marches sont usées par le temps, conduisent dans ces mêmes souterrains où Julien se déroba aux honneurs du sceptre. On admire la hardiesse de leurs voûtes et la solidité indestructible de ces murs qui ont résisté à l'action du temps, aux ravages des Barbares et à notre incroyable insouciance.

L'empereur Valentinien Ier habita le palais des

[1] Voyez la note C à la suite de cette Notice.

Thermes vers l'an 365; et quand les Romains,
vaincus par les Francs, furent forcés d'abandonner les Gaules, Clovis et ses successeurs y fixè-
rent leur séjour.

Après la mort de Clovis, la reine Clotilde paraît avoir plus habituellement résidé dans la Cité;
elle y faisait élever près d'elle les trois enfans
de son fils Clodomir, roi d'Orléans. Cependant
Childebert et Clotaire attirèrent les trois jeunes
princes au palais des Thermes, demeure de Childebert, faisant espérer à Clotilde qu'ils allaient
les replacer sur le trône de leur père. Mais les
deux rois ne virent pas plutôt leurs neveux en
leur puissance qu'ils envoyèrent à l'auguste veuve
de Clovis une épée nue et des ciseaux, langage
symbolique, par lequel ils lui donnaient pour
ses petits-fils le choix entre la mort ou le monas-
tère. Clotilde indignée s'écria qu'il valait mieux
que des rois périssent que de vivre déshonorés.
A cette magnanime réponse, Clotaire, sans éprou-
ver la moindre hésitation, poignarda de ses propres mains deux des jeunes princes, en la pré-

sence de Childebert, qui, ému d'une tardive compassion, aurait voulu pouvoir leur sauver la vie [1]. Le plus jeune des fils de Clodomir fut sauvé ; il a donné son nom au bourg de Saint-Cloud, auprès de Paris, où il a vécu long-temps, pratiquant dans la retraite les vertus chrétiennes. Childebert, roi de Paris, continua d'habiter les Thermes, où les remords du crime qu'il avait laissé commettre ne cessèrent de le poursuivre. Il lui semblait toujours voir devant lui les ombres de ses neveux implorant inutilement sa pitié. Croirait-on que ce roi barbare avait à quelques égards des goûts simples et purs? Il s'occupait lui-même de l'éducation de ses enfans; il aimait les fleurs, greffait ses arbres fruitiers et cultivait ses jardins. Ceux-ci s'étendaient jusqu'à l'Abbaye que Childebert avait fondée, sous l'invocation de saint Vincent, sur les ruines d'un ancien temple d'Isis; c'est aujourd'hui l'église de Saint-Germain-des-Prés, dont le portail, à ce

---

[1] Voyez la note D à la suite de cette Notice.

que l'on assure, remonte à ces temps reculés.

Ce même palais des Thermes vit s'écouler tristement les règnes languissans et décolorés des derniers rois Mérovingiens. Puis parut Charles-Martel, puis Pépin au cœur de lion, qui ceignit son front du diadême de ses maîtres. Peut-être ce palais a-t-il été arrosé des larmes de la reine Berthe, *aux grands pieds,* dont le roi Adenès nous raconte les aventures d'une façon si touchante que nous voudrions que son récit fût véritable?

Ne la voyez-vous pas sortir de ces murs, dévouée à la mort par un époux trompé? Ces sergens qui l'accompagnent la conduisent dans la forêt du Maine, où, mus de pitié, ils vont l'abandonner.... Ecoutez un instant sa plainte :

Par le bois va la dame qui grant paour avoit;
Ce n'estoit pas merveille se le cuer li douloit,
Com cele qui ne sot quel part aler devoit.
A destre et à senestre moult souvent regardoit,
Et devant et derriere, et puis si s'arrestoit;
Quand s'estoit arrestée piteusement plouroit,

2

A nus genous sur terre souvent s'agenoilloit ;

En croi sur l'herbe drue doucement se couchoit ;

La terre moult souvent par humbleté baisoit ;

Quand s'estoit relevée moult grans souspirs jetoit,

Blanche-Fleur la roïne ¹ moult souvent regrettoit :

« Ha ! Madame, fait-ele, se saviez orendroit

» A quel meschief je sui, le cuer vous partiroit. »

Lors rejoignoit ses mains, et vers Dieu les tenoit :

« Cil Dame-Diex, fait-ele, qui haut siet et loin voit,

» Parmi ceste forest hui en ces jours m'avoit ² ;

» Et sa tres douce mere en tel lieu me convoit,

» Où mon cors à hontage mie livrés ne soit. »

Lors s'assiet sous un arbre, car li cuer li doloit,

Ses tres beles mains blanches moult souvent detordoit,

A Dieu et à sa mere souvent se commandoit.

Plus tard, ces mêmes lieux auront retenti des

---

¹ Blanche-Fleur, reine de Hongrie, mère de Berthe, suivant le romancier.

² *M'avoit*, pour *m'avoye*, me dirige, me mette dans la voie.

acclamations et des fêtes par lesquelles on célébra son retour [1].

Enfin Charlemagne, ce génie sur qui repose le
monde moderne et qui a servi de premier degré
à la prééminence des Francs, vint habiter ce palais [2]. Il nous semble encore l'y voir entouré
des Roland [3], des Renaud, des Olivier, de tous
ces preux du vieil âge qui, vus de loin, sont des
géans! A travers cette fenêtre n'apercevez-vous
pas la tendre Emma qui cherche à dérober à son
père les vestiges de son amant? Emma, Éginhart,
leurs amours, leurs tendres faiblesses, tous ces
souvenirs viennent se mêler aux cris des tour-
nois, au cliquetis des lances et des boucliers. De
combien d'assauts d'armes les vastes pourpris
des Thermes n'ont-ils pas été les témoins! Que

[1] Voyez le roman de *Berte aus grans piés,* par le roi Adenès, publié par M. Paulin Paris. (Paris, Techener. 1832.
page 43).

[2] Voyez la note E à la suite de cette Notice.

[3] Voyez la note F à la suite de cette Notice.

d'événemens tombés dans l'oubli ces murs auraient pu nous redire! Mais le silence a tout ense-
veli. Peut-être encore, sous le bon roi Louis XII,
l'Hôtel de Cluny, devenu l'habitation du frère
de Georges d'Amboise, a-t-il vu les premières
joutes, à armes courtoises, de ce jeune et beau
Gaston de Foix, surnommé *le Foudre de l'Italie,*
dont la France pleura si amèrement la perte!!!
Les ombres de tous ces héros semblent errer encore autour de ces ruines qu'elles ne peuvent
abandonner.

Les successeurs de Charlemagne firent aussi
leur demeure de ce palais, qui jusqu'à Hugues
Capet, peut-être même jusqu'à Louis-le-Jeune,
servit à nos souverains de maison de plaisance.

Placé sur le trône par le choix des grands de
l'État, Hugues continua d'habiter l'hôtel qu'il
occupait dans la Cité, comme comte de Paris. Cet
hôtel fut vraisemblablement transformé dans le
palais que nous voyons aujourd'hui. Louis IX et
Philippe-le-Bel y firent de grandes augmenta-
tions, et Charles V, quand il eut bâti l'Hôtel

Saint-Paul, dans le quartier des Célestins, aban-
donna le palais de la Cité aux cours de justice.

Les Thermes, ou le *Vieux Palais,* comme les
appelle la Chronique de Vezelay [1], avaient suc-
cessivement perdu leurs vastes jardins; une multitude de maisons, que l'accroissement de la popu-
lation rendait nécessaires, en avait pris la place;
Philippe-Auguste, qui venait de renfermer ce
palais dans la nouvelle enceinte de Paris, le
donna à l'un de ses chambellans. Dès-lors ce
domaine devint une propriété privée, et il fut
vendu et divisé.

Raoul de Meulant en possédait une partie en
1243; plus tard cette maison fut achetée par Robert de Courtenay. Pierre de Chalus, abbé de
Cluny, acquit pour son ordre les restes de cet

---

[1] « Les moines de Vezelay, suivis du peuple, étant sortis
» du palais de Louis-le-Jeune, tous les religieux de Saint-
» Germain-des-Prés vinrent au-devant d'eux jusqu'au *Vieux*
» *Palais,* et les reçurent avec larmes. » (*Chronique du moine
de Vezelay,* citée dans le *Dictionnaire historique de la ville
de Paris,* article du Palais. T. III, p. 700, édition de 1779.)

ancien édifice, et les Thermes arrivèrent ainsi suc-
cessivement en la possession de Jacques d'Amboise, abbé de Cluny, frère du principal ministre
de Louis XII. Ce fut cet ecclésiastique qui, sur
les ruines du vieux palais, fit construire, en 1490,
l'Hôtel de Cluny, tel à peu près que nous le
voyons aujourd'hui. On voit encore, à l'une
des extrémités de l'hôtel, l'arceau isolé que nous
avons décrit; c'est le seul reste du palais de
Julien.

C'est au milieu de ces ruines qu'un ami des arts
a depuis quelque temps fixé sa demeure; doué
d'un esprit de conservation, il y vit, entouré des
meubles, des bas-reliefs, des peintures et des
vitraux, qui aux quinzième et seizième siècles
ornaient les palais de nos rois et les hôtels plus
modestes des grands du royaume. La France,
l'Italie, le Brabant, l'Allemagne, toute l'ancienne
Europe, ont été par lui mis à contribution. On
se croirait auprès de Maximilien d'Autriche, de

François Ier et de Léon X ¹; on assiste à la renaissance!!! . . . .

Une galerie gothique, aux solives apparentes,
distribue dans divers appartemens; on entre d'un
côté dans un salon dont le pourtour est orné de
ces meubles singuliers qu'on appelait *cabinets*;
il en est un surtout curieux par sa richesse et par
sa forme élégante : il est incrusté de nacre, d'é-
caille et d'admirables mosaïques de Florence,
magnifiquement encadrées d'or et rehaussées de
pierreries. Ce beau cabinet passe pour avoir appartenu à la reine Marie de Médicis. Les autres
objets rares qui garnissent cet appartement sont
en harmonie avec le meuble que nous venons
de décrire.

La cheminée, les tables, tout y est surchargé
de figurines sculptées; on admire surtout une
petite statue par Albert Durer ², représentant

---

¹ Voyez la note G à la suite de cette Notice.

² Albert Durer, grand peintre de l'école allemande, était
aussi graveur, sculpteur et architecte. Il est mort en 1528.

sainte Marguerite, reine de Bohême. On y voit
également des aiguières ciselées et de richés *ha-
naps,* ou coupes, dans lesquelles nos ancêtres
avaient coutume de boire à la ronde. Un piano
gothique décore aussi ce salon; mais si sa forme,
ses bas-reliefs d'ébène, accusent plusieurs siècles,
ses octaves, sur lesquelles se promenèrent de
jolies mains, rendirent des sons pleins de suavité
et de fraîcheur. . . . .

Soulevant les tapisseries des portières, on passe
dans la chambre de François Ier. Son lit est là!!!
d'élégantes cariatides en soutiennent le ciel;
son armure est couchée sur les courte-pointes;
on dirait le héros qui repose! Deux chevaliers
debout au chevet du lit, la lance en main et la
visière baissée, semblent garder encore leur maître. A la vue de ces tableaux épisodiques, l'imagination frappée est tentée de prendre le prestige
pour la réalité.

L'épée du roi-poëte se fait admirer par un travail exquis, en même temps qu'on se sent tou-
ché du souvenir de la vaillance chevaleresque

qu'elle était appelée à défendre. La poignée représente une chasse aux cerfs, burinée sur acier
damasquiné; elle est l'ouvrage du célèbre Benvenuto Cellini [1].

On voit aussi, et ce n'est pas sans douleur, les
éperons que François Ier portait à la bataille de
Pavie [2], et les riches étriers d'or retrouvés à
Madrid chez un descendant du seigneur qui fit
ce roi prisonnier. Rendons grâces à un Français
d'avoir arraché à l'Espagne ces dépouilles d'un
Roi-Chevalier trahi par la Fortune.

Non loin de ces tristes trophées se trouvent
les dagues et les glaives des preux, dont les
hauts-faits sont signalés dans nos annales. Près
de ces armes, qui ont fait trembler le monde,

---

[1] Benvenuto Cellini, sculpteur, graveur et orfèvre, artiste
du premier ordre que François Ier fit venir d'Italie. On a de lui
des Mémoires dont il a paru en France deux traductions.

[2] François Ier fut fait prisonnier par Charles de Lannoy,
sire de Maingoval. Voyez au surplus la note H à la suite de
cette Notice.

on remarque une quenouille sculptée, où sont
représentées en relief toutes les femmes fortes de
l'Ecriture-Sainte, dans l'Ancien-Testament; on
assure que cette jolie quenouille a été à l'usage
d'une reine de France du quinzième siècle. La
délicatesse de l'ouvrage et l'étonnante conservation des figurines donnent à penser que la
princesse ne passait pas tout son temps à filer,
et que déjà les bonnes habitudes de la reine
Berthe commençaient à se perdre. Un tableau qui
représente la toilette d'une jeune dame, oui jeune
encore, quoique du seizième siècle, orne cet
appartement royal et ajoute à l'illusion; il est
l'ouvrage du Primatice, cet artiste célèbre que
François Ier chargea de peindre la galerie de
Fontainebleau [1].

Devant une croisée est disposée une partie
d'échecs; les pièces de cristal de roche, enjo-

---

[1] Le Primatice, né à Bologne en 1490, fut appelé en
France pour décorer Fontainebleau avec le *Rosso*, ou Le Roux,
autre peintre moins connu.

livées d'ambre, sont montées en or; le travail
en est singulier, il annonce tout à la fois leur
ancienneté et la région lointaine qui les a produites. Mais comment s'en étonner? C'est préci-
sément le même jeu d'échecs envoyé à saint
Louis du fond de l'Arabie par le prince des *As-
sassins*. Ce point ne saurait être douteux, car le
sire de Joinville a décrit ces échecs dans les Mémoires du bon Roi. On aimera à retrouver ici
son témoignage; voici comment il s'exprime :
« Entre les autres joiaux que il envoia au Roy,
» li envoi un oliphant de cristal moult bien fait,
» et une beste que l'en appelle orafle ¹, de cristal,
» aussi pommes de diverses manieres de cristal,
» et jeux de tables et *de eschez ;* et toutes ces
» choses estoient fleuretées de ambre, et estoit
» l'ambre lié sur le cristal à beles vignetes de
» bon or fin. Et sachiez que si tost comme les
» messages ouvrirent leurs escrins là où ces cho-
» ses estoient, il sembla que toute la chambre

---

¹ *Orafle* est sans doute là pour *girafe*.

» feust embausmée, si souef fleroient [1].» A la Restauration, la ville d'Aix-la-Chapelle, qui con-
servait ce jeu dans ses archives, l'offrit en hom-
-mage à Louis XVIII; et le roi en fit présent à
l'un de ses gentilshommes, qui, en s'exilant en
1830, a laissé en France une curiosité dont notre
pays semble en effet devoir rester dépositaire.

A l'Hôtel de Cluny, ainsi que nous venons de
le dire, ce jeu est dressé sur l'échiquier; deux
chevaliers, assis en face l'un de l'autre, se dispo-
sent à faire marcher les premiers pions; et certes
avec moins d'imagination que Hoffmann n'en
avait lorsqu'il écrivit ses contes fantastiques, il
semble qu'on assiste à cette partie. . . . .

Réellement nous ne voudrions pas répondre
que tant d'ombres illustres ne se donnassent pas
rendez-vous, vers le soir, dans cette chambre de
la reine Blanche, tant ces entourages gothiques
ont de vérité et font d'impression sur l'ame.

---

1 *Histoire de Saint-Louis*, par le sire de Joinville. Paris,
1761. In-folio, p. 96.

Il nous serait impossible d'énumérer toutes
les curiosités contenues dans le musée de M. Du
Sommerard. Cependant, comme femme, pour-
rions-nous oublier ces belles glaces de Venise, à
biseau, entourées de leurs cadres découpés
à jour? et ces charmans miroirs allégoriques
qu'un ressort fait disparaître pour ne plus laisser
voir que la déesse de Vérité et le Temps qui
moissonne les roses? Les jeunes femmes qui s'a-
vancent pour consulter ces miroirs, s'en éloi-
gnent presque toujours un peu rêveuses.

Nous étant approchés d'une table recouverte
d'une ancienne nappe de *chicorée dentelée,* nous
tâchions de deviner le sujet de quelques miniatures peintes sur peau vélin, qu'accompagnent
des rondeaux d'une écriture gothique. Le possesseur nous fit voir que, dans chaque miniature, était personnifiée une vertu qui terrasse
un péché mortel, et que les divers morceaux de
poésie se rapportaient à ces petits tableaux; il
ajouta que dans chacun d'eux on reconnaissait
Louise de Savoie, duchesse d'Angoulême, mère de

François Ier. Cette princesse y est représentée sous les attributs de la Vertu opposée au Vice qu'elle renverse; ainsi l'Humilité, les yeux baissés et portée par un timide agneau, foule à ses pieds l'Orgueil, monté sur un lion, la couronne en tête, vêtu avec tout le faste des cours.

Les rondeaux sont tous faits par acrostiches sur le nom de *Loyse de Savoie,* et les armes de cette princesse sont peintes au-dessous de chaque miniature.

M. Du Sommerard ayant eu la complaisance de mettre ce précieux recueil à notre disposition, nous croyons rendre un service aux lettres en publiant à la suite de cette Notice ces rondeaux singuliers; ils paraissent devoir être attribués à André de la Vigne, l'ami d'Octavien de Saint-Gelais.

Toutefois, après en avoir compté les feuillets, il ne s'en est trouvé que six; or, le péché qui manquait n'était ni l'Orgueil, ni l'Avarice, ni l'Envie, ni la Colère, ni la Paresse, ni la Gourmandise !!!...

Une élégante salle à manger présente aussi ses

raretés. Des cuirs dorés en tapissent les mu-
railles ; sur de vastes dressoirs sont rangées de
belles faïences de Faenza, peintes d'après les des-
sins de Raphaël d'Urbin et de Jules Romain [1]. On
y remarque également les vaisselles de Palizzi [2],
avec leurs reliefs colorés ; elles sont entremêlées
de brillans émaux de Limoges.

Le couvert est mis, la famille du quinzième
siècle n'a plus qu'à s'y asseoir. Les mets sont, je
vous assure, en harmonie avec son appétit : dans

---

[1] La faïence doit son nom à la petite ville de Faenza, dans
la Romagne. Les deux grands artistes nommés ici n'ont pas dé-
daigné d'en peindre quelques-unes, ce qui donne à ces pièces
un grand prix de curiosité.

[2] *Maître Bernard Palizzi, de Xaintes, ouvrier de terre et
inventeur des rustiques figulines du Roy.* Telles sont les qua-
lités que prend cet homme singulier, dans son ouvrage intitulé : *Le moyen de devenir riche.* Paris, chez Robert Fouet.
1636. 2 vol. in-8. Ses Mémoires y sont épars ; les lecteurs
qui auront le courage de les y chercher, au milieu de la foule
de procédés chimiques qui les obstruent, seront bien dédom-
magés de leurs peines.

ce plat long est un gros poisson, appelé jadis à figu-
rer sur une table somptueusement servie ; peut-
être, dans ce même lieu, a-t-il orné la table de
l'abbé de Cluny.

Voyez-vous ce lièvre entier? Il est accompagné
d'une sauce dont il nous a été impossible de pré-
ciser le goût; il vaut mieux engager nos lecteurs,
dans leur intérêt, à aller s'assurer par eux-
mêmes si on accommodait dès ce temps-là les
lièvres *à la royale*.

Des antiques cuillers, des couteaux qui res-
semblent aux modestes *eustaches*, couvrent la
table. Nous devons cependant faire remarquer
un de ces couteaux, dont le manche sculpté représente le Sacrifice d'Abraham; il pourrait bien
tenir sa place auprès de la jolie quenouille que
nous avons décrite [1].

La pendule manque : l'horlogerie était encore
dans l'enfance; mais au milieu de la table est
placé, en guise de surtout, un clepsydre de faïence

[1] Voyez la note I à la suite de cette Notice.

émaillée, à l'aide duquel on mesurait la durée du repas.

Parmi les différens Musées que nous avons visités, soit à Paris, soit dans les principales villes de province, on nous a presque toujours montré quelques-uns de ces *meubles à hochet* dont nos bons ancêtres s'amusaient au dessert. Notre civilisation plus grave a abandonné ce genre de gaieté; la politique a seule conservé dans les repas de grandes réunions le toast des anciennes mœurs.

On voit chez M. Du Sommerard un gobelet double qui doit avoir excité plus d'une fois l'hilarité des convives. Nous nous contenterons de dire que tandis que le buveur vide le plus grand, de la capacité d'une demi-pinte, un autre verre plus petit s'élève et se présente à la bouche, presque sans désemparer.

La vue de cette salle à manger du seizième siècle nous a fait souvenir de poésies du temps de Charles VIII et de Louis XII, qui enseignent les bienséances que l'on devait observer à table.

Ces pièces n'ayant jamais été imprimées, nous croyons faire plaisir à nos lecteurs en les lui faisant connaître.

On montre encore dans l'Hôtel de Cluny la chambre dite *de la reine Blanche*. Voici l'origine traditionnelle du nom qu'on donne à cette chambre; elle s'accorde avec quelques chroniques de l'époque.

Marie d'Angleterre, troisième femme de Louis XII, aussitôt après la mort du roi, se retira chez le frère du cardinal d'Amboise, à l'Hôtel de Cluny; elle était *reine Blanche* (on sait qu'en France les reines portaient en blanc le deuil de leurs époux), et elle habita cette chambre qui, dans le Musée de M. Du Sommerard, porte le nom de François Ier. Cette princesse voulait à tout prix être régente. Aussi, dans les premiers momens de son veuvage, feignit-elle d'être enceinte; mais on ne tarda pas à reconnaître la vérité. Le duc d'Angoulême ne s'était pas montré insensible aux charmes de Marie, toute brillante de grâces et de jeunesse. Mais

Louise de Savoie, mère du jeune prince et femme
d'expérience, veillait aux intérêts de son fils : elle
faisait surveiller les moindres démarches de la
belle veuve, et elle en sut bientôt assez pour
pouvoir rendre François témoin des assiduités de
Suffolk auprès de la princesse d'Angleterre. Le
comte d'Angoulême ne tarda point à arracher à
Marie l'aveu de sa faiblesse, et il la fit consentir à
se laisser conduire à l'autel, où elle perdit le beau
titre de reine de France, en donnant sa main à
un simple sujet du roi son frère. Espérons que
l'amour l'aura dédommagée de ce que sa vanité
dut souffrir.

En parcourant ces galeries on est quelquefois
distrait de la vue des curiosités qu'elles renfer-
ment, par les bizarres réflexions qu'elles inspirent à de certains visiteurs, qui préféreraient
sans doute l'acajou et le palissandre à ces vieux
débris des siècles..... « Eh quoi! Monsieur, en-
» tendions-nous dire à M. Du Sommerard, vous
» trouvez donc ces vieilles armoires, ces chaires
» et ces *coffres* bien beaux ? Ces *cabinets*, avec

» leurs petits tiroirs, pourraient tout au plus ser-
» vir à renfermer quelques médailles. » M. Du
Sommerard souriait, et il semblait se consoler,
en pensant que de plus justes appréciateurs de
l'art venaient souvent encourager ses soins con-
servateurs. C'est principalement pour ces derniers que s'ouvre un précieux registre, où toutes
les illustrations, toutes les célébrités, voire même
aussi beaucoup de médiocrités, apposent leurs
signatures, et attestent, par ce témoignage, leur
reconnaissance envers l'amateur éclairé qui arra-
che au temps des trésors qui chaque jour devien-
nent plus rares, disparaissent ou s'anéantissent.

Cependant une visite solennelle nous restait
encore à faire à l'Hôtel de Cluny. Nous n'avions
point vu la jolie chapelle gothique. Une porte,
merveilleusement travaillée et qui provient du
château d'Anet [1], en ferme l'entrée.....

---

[1] Le château d'Anet, bâti par Henri II pour Diane de
Poitiers, est détruit; tous les chefs-d'œuvre du seizième siècle
qu'il contenait sont dispersés.

Nous pénétrâmes dans le saint lieu. C'est là surtout que l'architecture du quinzième siècle a développé dans un espace fort resserré tout ce qu'elle avait de plus délicat. Des arceaux de voûtes viennent se reposer sur un pilier placé au milieu de la chapelle, dans lequel toutes les lignes se confondent. Des fenêtres en ogives, de beaux vitraux tout resplendissans des plus brillantes couleurs, dus aux artistes les plus célèbres de la renaissance; aux Jean Cousin [1], aux Pinaigrier [2], etc. Des sculptures, qui rappellent

[1] Jean Cousin, grand peintre sur verre, et dont on a aussi quelques tableaux de chevalet. Il mourut en 1589. Il avait peint l'Apocalypse et le Jugement Dernier à la chapelle de Vincennes. Ces beaux vitraux ont décoré une salle des Petits-Augustins. Ils doivent avoir été reportés à Vincennes quand, sous la Restauration, la Sainte-Chapelle en a été restaurée.

[2] Robert Pinaigrier n'est connu que par ses ouvrages qui chaque jour s'anéantissent. Il a peint les vitraux de la chapelle de la Sainte-Vierge de Saint-Gervais, les vitraux de Saint-Méderic, ceux de Saint-Hilaire de Chartres, etc.

les savans ciseaux de Jean Goujon [1] et de Germain Pilon [2], semblent avoir été inspirées par une poésie religieuse, et annoncent que ce sanctuaire est consacré à l'Éternel.

« Cette chapelle, restaurée avec goût, embellie » de ses gothiques ornemens, est encore aussi » belle que le jour où l'abbé de Cluny y célébra » la messe pour la première fois, » disait, en y entrant, un personnage sérieux à sa jolie compagne. « Ah! reprit celle-ci, l'autel me semble » aussi paré que le jour où la belle reine Marie

---

[1] Jean Goujon, que l'on a surnommé *le Phidias français* et *le Corrège de la sculpture*, tant la grâce semble avoir dirigé son ciseau. On a de lui beaucoup d'ouvrages, dont le plus connu est cette belle fontaine des Innocens, qui, placée sous l'Empire au milieu de la place de ce nom, y produit un si admirable effet. Il fut tué à la Saint-Barthélemy sur l'échafaud du Louvre, comme il venait d'y achever son Moïse.

[2] Germain Pilon, grand sculpteur, mort à la fin du seizième siècle. On a de lui les figures de Henri II et de Catherine de Médicis, en bronze, sur leur tombeau à Saint-Denis; le groupe des trois Grâces au Louvre, et auparavant aux Célestins, etc.

» y prononça le serment d'adorer toujours Suf-
» folk. . . . . »

La plupart des visiteurs se rendirent dans la
chapelle, où on remarque, dans les formes usi-
tées au moyen-âge, tout l'ameublement qui convient au séjour de la prière. Une seule chose
nous a paru contraster avec la gravité du lieu :
c'est une statue revêtue d'habits pontificaux qui
est debout devant le lutrin.

Quand on est sur le point de pénétrer dans
l'oratoire de la veuve de Louis XII, on s'attend
à y trouver une mystérieuse solitude ; et l'appa-
rition de ce chanoine de pierre, en costume de
cérémonie, debout, immobile, à la figure pâle
ou enluminée (nous ne pourrions trop affirmer
de quelle couleur est son teint, car nous avons
aussitôt fermé les yeux), devient pour les uns
un sujet de surprise, nous dirions presque de
frayeur ; tandis que d'autres, suivant la diverse
disposition des esprits, peuvent ne voir dans ce
fantôme que de la bizarrerie.

Nous espérons que M. Du Sommerard nous

pardonnera cette légère observation sur une chose qui nous a semblé n'être pas d'accord avec le sage discernement et le bon goût que nous n'avons cessé de remarquer en parcourant trop rapidement ses belles galeries historiques......

Tout dans ce vieux palais nous reporte aux siècles passés. Où sont-ils les hommes qui ont élevé ces murs? Où sont les rois qui les ont habités? Où sont les artistes qui ont façonné ces chefs-d'œuvre?... Le fleuve du temps a tout emporté dans son cours; l'humanité a payé son tribut au sort commun, les générations se sont succédées! Et nous aussi nous passerons!... Tout n'est que vanité!

Dieu seul est éternel!

NOTES.

———

Note A.

Les auteurs ont parlé diversement de la vie et du caractère de Julien. Fleury dit « qu'il est facile de le louer et de le » blâmer sans altérer la vérité. » Quoique élevé dans la religion chrétienne, la philosophie des païens était dans son cœur : il fit fermer les églises, et, dans l'espoir que le judaïsme arrêterait les progrès de la vraie foi, il ordonna que l'on rebâtirait le temple de Jérusalem ; quelques circonstances, que chacun interpréta suivant sa croyance, y mirent obs-

4

tacle. Dominé par le désir de s'illustrer par les armes, deux
ans après son élévation au trône, cet empereur déclara la
guerre aux Perses : il remporta sur eux plusieurs victoires;
mais son dernier triomphe lui fut fatal : une flèche mortelle
l'atteignit. Julien passa les instans qui lui restaient encore à
vivre à s'entretenir avec le philosophe Maxime sur la noblesse
de l'ame, et il mourut la nuit suivante, le 26 juin 363, âgé de
trente-deux ans. On a de lui plusieurs discours et harangues,
une satire des Césars, le *Misopogon*, et d'autres ouvrages publiés par le P. Petau, en 1630.

Note B.

Partout où l'on rencontre quelques antiquités du temps des
Césars, on cite un établissement de bains; récemment encore
le département de la Dordogne, dans la commune de Saint-
Vincent de Paluel, vient d'offrir à la curiosité des archéolo-
gues un monument de ce genre. M. l'abbé Audierne visitait
le château de Paluel, placé sur une roche inaccessible et en-
tourée de marais, qui ont valu au château son nom : car il est
évident que *Paluel* dérive de *palus* (marais). Soudain le pro-
meneur aperçut un morceau de brique romaine; il la ramasse
avec empressement; il questionne; il s'informe si on trouvait
souvent de semblables débris. Un des habitans le conduisit

vers une fontaine dont les eaux sont très-abondantes : et là il rencontre des cimens et des briques de quoi remplir toutes les cases d'un musée. Un ruisseau, formé par la fontaine, serpentait lentement sur de simples cailloux, et il n'aurait peutêtre pas obtenu un seul regard de l'amateur ; mais, ô précieuse découverte! il était bordé d'une quantité d'anciens tombeaux. A deux ou trois cents pas plus loin était une maisonnette bien insignifiante, mal bâtie, avec un toit construit en grosses pierres plates, et qui semblait au premier coupd'œil indigne de fixer l'attention. Cependant M. Audierne l'examine avec soin, et il aperçoit dans le mur qui fait face à la fontaine une arcade à plein cintre, dont les voussoirs sont si bien liés qu'ils paraissent d'une seule pièce ; le cintre est entouré d'un cordon en briques.

L'archéologue demanda à entrer dans l'intérieur de la maison ; mais il n'y remarqua d'abord rien d'antique : une cheminée cachait l'arcade qui était murée ; dans la cour se trouvait un ciment si dur qu'on l'eût pris pour de la pierre, et le propriétaire assura qu'il en sortait de terre chaque fois qu'il fouillait. Prié de renouveler l'expérience, elle fut en faveur de son assertion, et sa pioche même indiqua les bains, car elle vida une baignoire : elle est parfaitement conservée ; le ciment est intact, et le conduit pour l'écoulement des eaux n'a pas été endommagé.

Parmi les débris de cette baignoire étaient une hache celtique cachée sous des pavés en marbre blanc; un enduit peint à fresque, dont les principales couleurs sont le rouge, le bleu, le jaune et le vert; et enfin plusieurs briques d'une pâte bien fine, ainsi que des morceaux de poterie rouge et noire.

(Gazette de l'Ouest, du 7 mars 1834.)

Note C.

On écrit d'Arles que les recherches archéologiques se continuent avec un succès soutenu: on a achevé de déblayer l'amphithéâtre intérieurement, et l'extérieur présente, dans une grande partie de son périmètre, un triple rang d'arcades, qui lui donnent plus d'analogie avec le Colysée de Rome qu'avec les Arènes de Nîmes. Ce monument est aujourd'hui entouré de grilles; les principales dégradations se réparent, et avant peu on aura réuni tous les moyens d'arrêter les ravages du temps, et de le livrer à l'admiration des artistes et des curieux.

Une autre opération excite encore l'intérêt des amateurs à un plus haut point: ce sont les fouilles commencées sur l'emplacement du <i>Théâtre</i> antique; là rien n'est prévu d'avance: les objets d'art, statues, autels votifs, que le hasard ou les recherches ont exhumés, laissent à l'imagination de vastes espérances. On sait que la *Vénus d'Arles*, que l'on remarque au Musée des Antiques, fut trouvée sur cet emplacement en 1648; les consuls d'Arles l'offrirent à Louis XIV, qui la fit placer dans les galeries de Versailles. Naguère encore on a découvert une tête de Diane du plus beau ciseau grec; mais dans ce moment l'enthousiasme vient d'être porté à son comble par la rencontre de plusieurs morceaux nouveaux, parmi lesquels se trouvent les débris d'une statue paraissant appartenir à un colosse de dix pieds; la tête est une tête d'homme du plus beau style; mais ce qu'il y a de plus remarquable, par son état de conservation, la richesse et le fini de ses sculptures, et la beauté du marbre, c'est un autel votif de trente-deux pouces de haut sur vingt-quatre de large; deux cygnes à ailes déployées occupent les deux crêtes du devant, et deux palmiers chargés de fruits celles de derrière; du bec des cygnes part une guirlande de fleurs, et des branches des palmiers une guirlande de fruits; sur les côtés, les ailes des oiseaux et les branches des arbres viennent se rapprocher avec beaucoup de grâce. L'amateur qui donne ces détails ajoute que ce morceau de sculpture ne peut être mis en comparaison avec aucun autre, malgré les richesses du Musée d'Arles.

(Gazette de l'Ouest.)

Note D.

L'histoire d'Angleterre rapporte un fait à peu près semblable au sujet des enfans d'Édouard, que le duc de Glocester, leur oncle, fit assassiner dans la Tour de Londres.

M. Paul Delaroche a retracé cette horrible scène dans un admirable tableau, qui, assure-t-on, aurait inspiré à M. Casimir Delavigne le drame intéressant qu'on joue aux Français. La poésie n'est-elle pas sœur de la peinture?

Note E.

Charlemagne, fils de Pépin, roi de France, naquit en 742. C'est le premier Franc dont on possède la biographie; elle fut donnée par Éginhard, chroniqueur contemporain de l'empereur, et son secrétaire. On trouve sous son règne le germe du gouvernement représentatif (Voyez l'*Histoire de la civilisation en France,* par M. Guizot) : des assemblées, convoquées par Charlemagne, discutaient librement les lois proposées. Le pape Léon III le couronna empereur d'Occident, en 800.

Note F.

Le roi Jean entendant chanter, le jour de la bataille de Poitiers, la chanson de Roland, devenue si populaire, s'écria

avec humeur : « Il y a long-temps qu'on ne voit plus de Ro-
» land parmi les Français. — C'est, répondit fièrement un
» vieux soldat blessé, qu'il n'y a plus de Charlemagne pour
» les conduire. »

NOTE G.

Jean de Médicis, légat du pape Jules II, fut depuis le pape
Léon X. Fait prisonnier près de Milan, par Gaston de Foix,
il était loin de s'attendre alors à une si haute fortune. Elle lui
arriva dans l'année même de sa captivité.

NOTE H.

La journée de Pavie (24 février 1525) fut une des plus
meurtrières qui ait affligé la France : dix mille hommes y pé-
rirent, parmi lesquels se trouvait l'élite de la noblesse fran-
çaise; les seigneurs qui accompagnaient le roi se firent tuer
pour le défendre; les autres, qui auraient pu se sauver, se
rendirent en apprenant sa captivité, afin de s'associer à sa dis-
grâce.... Ses ennemis eux-mêmes, touchés de ce grand revers
de fortune, entourèrent le monarque de témoignages de res-
pect. Un soldat présenta au roi une balle d'or, qu'il avait
fondue, disait-il, pour le tuer. Alors il le priait de l'accepter,

pour qu'elle pût servir à sa rançon. Le héros dans les fers reçut sans émotion l'offrande et le compliment de ce soldat. (Voyez le Récit de la bataille de Pavie, par M. Raoul-Rochette, *France littéraire*, avril 1833. — Voyez aussi les *Lettres de Charles de Lannoy et de Charles-Quint, relatives à la bataille de Pavie*, insérées dans les *Documens historiques originaux*, publiés par la Société d'Histoire de France. T. 1er, p. 42.)

Note I.

Les Chinois ont porté si loin le travail de la sculpture en ivoire, que nous serions tentés de croire qu'ils ont eu les premiers l'idée d'en faire l'essai. Le couteau de M. Du Sommerard nous a fait souvenir d'un autre couteau qu'un jeune officier de marine a rapporté dernièrement de Pékin, à son beau-frère. Des figurines détachées et à jour se dessinent en bas-reliefs sur le manche avec une rare perfection. Ce joli meuble était accompagné d'un autre présent pour sa sœur : c'était un beau vase fermé, destiné à contenir les bijoux d'une nouvelle mariée ; il est posé sur un socle soutenu par quatre serpens qui se replient à l'entour ; les têtes de ces animaux sont d'un admirable travail, et le vase lui-même est si parfaitement ciselé qu'on s'imaginerait, au premier coup-d'œil, voir une gaze de la plus éclatante blancheur, dont la broderie est relevée en bosse; les mœurs chinoises y sont représentées. Nous n'avons rien vu en ce genre au Musée royal qu'on puisse comparer à ce magnifique vase.

CONTENANCES DE TABLE

ET

AUTRES POÉSIES

DES XVe ET XVIe SIÈCLES.

AVERTISSEMENT.

—

Cette multitude d'objets curieux, de meubles et de petits monumens des temps les plus reculés, rassemblés par M. Du Sommerard dans son Musée historique de l'Hôtel de Cluny, a ramené nos souvenirs sur de vieilles poésies que nous avons recueillies, et qui nous paraissent pouvoir ajouter quelques traits de pinceau au tableau des mœurs contemporaines de Charles VIII, de Louis XII et de François Ier. Ces petites pièces nous ont plu dans leur simplicité ; nous espérons que notre goût sera partagé.

Il ne faut point y chercher de ces poésies où s'exhalent en soupirs les plaintes d'amans malheureux ou séparés ; on n'y trouvera pas non plus de ces vers hardis et élevés que les grandes passions inspirent, où viennent se peindre le fracas des armes et la gloire qui en est le prix. Ce que nous présentons à nos lecteurs est beaucoup plus simple. Ils n'y verront que de sages préceptes destinés, dans les xve et xvie siècles, à diriger la jeunesse dans la voie des bienséances et de la vertu. La réunion de ces adages moraux composait alors ce qu'on appelait une *bonne nourriture* : leur naïveté, disons mieux, leur *simplesse*, ont un certain charme qui nous a soutenus dans les aridités d'un travail assez pénible ; car ces vieilles et gothiques écritures ne sont pas d'une lecture aussi facile que le beau manuscrit de la *Guir-*

lande, tracé de la main du célèbre Jarry [1] ; nous ne craignons pas même d'avouer qu'il nous a fallu plusieurs fois recourir à l'expérience de personnes plus familiarisées que nous avec les anciens manuscrits. Mais, avec un peu de persévérance et d'opiniâtreté, nous avons acquis la certitude d'avoir recueilli le vrai texte de poésies qui sont loin de mériter l'oubli où elles sont ensevelies depuis plus de trois cents ans.

---

[1] Nicolas Jarry, écrivain et noteur de la musique du roi. Le manuscrit de la *Guirlande de Julie d'Angennes*, orné de miniatures de Robert, a été porté, à la vente du duc de La Vallière, au prix énorme de 14,510 fr. On a de lui d'autres manuscrits admirables, et particulièrement le poëme d'*Adonis* de La Fontaine, que M. Walkenaer a publié à petit nombre, des *Offices*, des *Heures*, etc. Les moindres ouvrages de cet habile calligraphe sont très-recherchés et se paient à de très-hauts prix.

(*Note de l'Éditeur.*)

Peu de varlets et de damoiselles savaient alors écrire ; presque tous ignoraient les lettres, et ils étaient ainsi privés du plaisir de prier Dieu dans ces belles heures écrites sur peau vélin, enrichies des miniatures toutes brillantes d'or et d'azur, qu'on admire encore dans les cabinets des curieux. L'humble rosaire de saint Dominique suffisait à guider les pieux élans de leurs ames. Il fallait pourtant bien instruire la jeunesse, et on avait imaginé de renfermer dans des lignes rimées et mesurées les règles de l'urbanité et du bel usage du monde. De-là les quatrains et les distiques moraux. Ne récite-t-on pas encore chaque jour les commandemens de Dieu et ceux de l'Église, alignés par distiques sur des consonnances alternatives ? Ces *commandemens*, nous les avons lus, tels qu'ils sont aujourd'hui, dans des heures du temps de Louis XII et de François Ier, et peut-être pourrait-on les rencontrer dans

des manuscrits plus anciens [1]. C'était alors la
méthode de toute éducation, et elle convenait
à l'état de la société. On vit au temps de
Charles V les quatrains que Christine de Pisan
donna à son fils *pour l'induire en bonnes mœurs.*
Au siècle suivant, on vit ceux que nous donnons
aujourd'hui, dont les auteurs ne sont pas con-
nus [2]. Les quatrains de Pibrac, publiés en 1574,

---

[1] On lit ces commandemens à la suite du *Doctrinal des
Filles à marier,* petite pièce imprimée à la fin du xve siècle,
dont le *fac-simile* a été publié par Techener. On y remarque
qu'à cette époque les commandemens de l'Église n'étaient
qu'au nombre de cinq; le sixième, *Vendredi chair ne man-
geras, ni le samedi pareillement,* n'y était pas encore compris.
(Note de l'Éditeur.)

[2] On en vit aussi d'autres, tels que le *Doctrinal des Filles
à marier,* indiqué dans la note précédente; le *Doctrinal des
nouvelles Mariées,* reproduit à très-petit nombre, ainsi que le
Doctrinal des nouveaux Mariés, par M. Du Plessis, recteur
de l'Académie de Douai (*Chartres,* Garnier fils, 31 mars 1832).
Il doit exister encore d'autres pièces du même genre qui sont

sont encore récités dans les écoles de quelques-unes de nos provinces; on aime à les lire,
ainsi que ceux de Matthieu, ce grave historien
d'Henri IV, qui ne craignit pas de se rapetisser
en écrivant pour l'enfance ses *Quatrains de la
Vie et de la Mort.* Puisque nous avons nommé
Matthieu, nous ne pouvons résister au désir de
citer ici deux de ses quatrains sur l'assassinat
du bon Henri.

> Cette grandeur des Roys qui nous semble un colosse
> N'est qu'ombre, poudre et vent. L'unique honneur des Roys
> D'une exécrable main meurt dedans son carrosse,
> Au temps que l'univers trembloit dessous ses loix.

perdues ou oubliées. Il y a eu ensuite une série intermédiaire
de quatrains et distiques moraux, dont les principaux sont contenus dans les *Mots dorez du grand et sage Cathon.* Paris,
veuve Jean Bonfons (*sans date*), et dans les *Notables Enseignemens, adages et proverbes faits et composez par Pierre
Gringore,* imprimez à Lyon par Olivier Arnoullet. 1533.

(*Note de l'Éditeur.*)

Hier tout étoit triomphe : aujourd'hui chacun pleure.

La durée du matin n'a duré jusqu'au soir.

On a vu vif et mort ce prince en moins d'une heure,

Ayant bu le hanap de la mort sans le voir [1].

Qu'elle était sage cette pensée d'inculquer ainsi dans les jeunes cœurs les regrets de la perte d'un bon roi et l'horreur du régicide !

On nous pardonnera cette digression en faveur de vers qui, quoique vieillis, seront toujours beaux, et aussi pour les nobles sentimens qu'ils expriment.

Il nous a semblé qu'il ne serait pas inutile aux lettres de faire connaître des quatrains et des distiques moraux antérieurs d'un siècle à ceux de Pibrac, de Favre et de Matthieu, qui déjà nous semblent si vieux. L'expression des

[1] *Tablettes ou quatrains de la Vie et de la Mort*, par Pierre Matthieu, conseiller du Roy. Chez Jacques Cailloué. 1628. Oblong. 2ᵉ partie. Quatrains 1 et 2.

quatrains que nous publions est plus rude, mais ils sont toujours dictés par l'amour du bien et par le goût de la vertu. Plusieurs de nos anciens usages y sont retracés : on y voit comment les jeunes poursuivans d'armes, ou les varlets, devaient se conduire dans le monde, et surtout quand des personnes honorables voulaient bien les admettre à leur table. C'est une véritable *Civilité* du moyen-âge.

Plus curieux que nous de conserver tout ce qui tient à leurs anciennes mœurs, les Anglais ont réimprimé il y a quelques années un opuscule que le hasard a fait tomber dans nos mains; il est intitulé : *The Booke of demeanor, and the allowance and disallowance of certaine misdemeanors in company, from small poems entitled the Schoole of Vertue, by Richard Weste* [1].

---

[1] *Le Livre de la manière de se conduire, et la tolérance ou la défense de certains mauvais usages en compagnie ;* tiré de

London, 1619. In-12 de 15 pages, tiré seule-
ment à 36 exemplaires. Nous n'avons pas cru
devoir joindre ici cette pièce singulière ; écrits
en vieux anglais, les quatrains qui la compo-
sent sont d'une intelligence assez difficile ; ils
auraient besoin d'être traduits, et notre plume,
comme notre langue, se refuseraient à exprimer
certains conseils adressés aux ancêtres de nos
voisins d'outre-mer. Il faut avouer que, si leurs
mauvaises habitudes rendaient ces préceptes
nécessaires, la civilisation de la Grande-Bretagne était alors beaucoup moins avancée que
la nôtre. D'ailleurs, si cette pièce était tra-
duite, ne faudrait-il pas traduire aussi une autre *Contenance de Table*, réimprimée à petit
nombre pour le *Roxburghe-Club?* Voire même,
si l'apparence de l'érudition n'était pas pour

petits poëmes intitulés : *L'École de la Vertu*, par Richard
Weste.

nous un sujet d'épouvante, n'aurait-il pas fallu faire connaître aussi des préceptes du même genre, imprimés au xve siècle par Caxton, sous ce titre latin : *Stans puer ad mensam?* Nous laissons aux littérateurs de la Grande-Bretagne, si nos recherches leur plaisent, le soin de compléter ce tableau de mœurs, en réunissant dans un seul livret des petits ouvrages rares chez eux, et en France tout-à-fait introuvables ?

Il ne nous reste plus qu'à indiquer les sources où nous avons puisé.

I. *Contenance de table.* Cette pièce est tirée d'un beau manuscrit du xve siècle, sur peau vélin, orné de jolies miniatures et de lettres tourneures. Elle n'y porte aucun titre. Ce manuscrit contient le Roman de la Rose et le Testament de Jean de Meun, continuateur de Guillaume de Lorris. La Contenance de table

et les quatrains moraux s'y trouvent réunis à
l'ouvrage qui a eu le plus de vogue chez nos
pères. Le livre est de format in-4 , presque
carré ; il a appartenu au célèbre Cujas, comme
on le voit par ces mots écrits au revers de la
couverture : *Ce présent livre du Roman de la
Rose m'a été donné par monsieur maistre Jacques
Cujas , très-excellent docteur en droit, le jour
Sainte-Anne.* 1589, *à Bourges.* Signé *Tassot.*

II. *S'ensuivent les contenances de la table.* Ce
petit poème, composé de quatrains, est tiré
d'un manuscrit de la Bibliothèque du Roi , nu-
méroté 7398. ², qui contient diverses poésies
morales et chrétiennes du xve siècle ; l'écriture
est du temps de Louis XI et de Charles VIII.
Il est écrit sur papier ; plusieurs de ses folios
ont été déchirés, d'autres ont été mutilés et
gravement endommagés par l'humidité. Les
Contenances de la table commencent au verso

du premier folio; elles se terminent au recto du cinquième.

III. *Ballade à ce mesmes.* Cette ballade est tirée du même manuscrit. Elle suit immédiatement la pièce précédente. L'auteur les a adressées toutes les deux au jeune varlet dont il veut rendre les manières courtoises.

IV. *Autres contenances de table.* Cette pièce, composée en grande partie de distiques, est tirée du même manuscrit que les deux qui la précèdent. On y retrouve une partie des préceptes contenus dans les quatrains de la seconde pièce. Cette forme du distique paraît avoir été destinée à graver plus facilement dans la mémoire ces règles du savoir vivre.

V. *Régime pour tout serviteur.* C'est encore le même manuscrit du roi qui contient cette

pièce. Elle renferme les règles propres à diriger les jeunes varlets ou pages, fils de gentilshommes, qui consacraient leur première jeunesse à servir de hauts barons, et apprenaient
ainsi peu à peu le noble état de chevalerie.
Cette pièce semble se rattacher plus particulièrement aux gens à gages, aux véritables
serviteurs.

VI. *Quatrains moraux*. Ces quatrains en
vers de huit pieds, et au nombre de quarante-
six, sont tirés du manuscrit du Roman de la
Rose que nous venons de décrire.

VII. *Autres quatrains moraux*. Ceux-ci, au
nombre de vingt-sept, sont en vers de dix
pieds; ils se trouvent aussi dans le manuscrit
de Cujas.

VIII. *Autres quatrains moraux*. C'est encore

6

dix-huit quatrains en vers de huit pieds, qui sont aussi dans le manuscrit de Cujas.

IX. *Enseignemens*. Cette petite pièce est encore empruntée du même manuscrit, où elle suit immédiatement et sans titre particulier les quatrains du numéro VIII.

Une personne de nos amis a soigneusement collationné ces neuf pièces sur les manuscrits qui les contiennent. Elle y a joint les notes qu'elle a jugées nécessaires à l'intelligence du texte. Nous la prions d'en recevoir ici nos remerciemens.

CONTENANCE

DE TABLE.

—

'A table te veulz maintenir,
Honnestement te dois tenir,
Et garde les enseignemens
Dont cilz vers sont commancemens.
Chacun doit estre coutumiers
De penser des povres premiers,
Car li saoul, si ne scet mie
Com le jeun a dure vie.

A viande nulz main ne mette
Jusques la beneisson soit faitte;
Ne t'assiez pas, je te conseille,
Se bien ne scés que l'en le vueille.
Ne mangue mie, je te commande,
Avant que on serve de viande,
Car il sembleroit que tu feusses
Trop glout, ou que trop fain éusses.
Du pain que mis as en ta bouche
A ton escuelle point n'atouche.
Ongles polis et nais les dois,
Ainsi, ainsi tenir te dois
Qu'aux compaignons ne soit grevance,
Ne autres ne facent nuissance.
Viande au sel de la salliere
N'atouche, c'est laide maniere.
Tes narilles fourgier ne vueilles,
De tes dois, né tes oreilles.
De ton coustel tes dens ne feurges,
Fors quant tu mengeue, n'espeurges [1],

---

[1] Ce passage est très-obscur. On y recommande de ne

Ne craiche par dessus la table,

Car c'est chose desconvenable.

En ton escuelle ne doit estre

Ta cueillier fors quant te dois paistre.

S'on t'a osté ton escuelle,

Garde toy bien que la rappelle.

De...... [1] te garde et met paine,

Car c'est chose trop villaine.

Quant tu mengue bien te guette

Sur table ton coste [2] ne mette.

Vuiddier et essuerer memoire

Aies ta bouche quant (tu) veulz boire [3],

point frapper ses dents avec son couteau, et de ne s'en servir pour les nettoyer que dans le moment où l'on mange. Le cure-dent n'était pas encore inventé.

[1] Le mot est en blanc dans le manuscrit; et comme c'est peut-être un acte de discrétion de l'ancien copiste, on ne cherchera pas à suppléer cette omission.

[2] *Coste*, coude.

[3] Il faut entendre ce passage comme s'il y avait : *Wuidié et essuyé memoire aies ta bouche quant tu veulz boire.*

Car descort naistre en pourroit
Dont la compaignie s'en deuldroit.

Garde toy bien, en toutes guises,
Viandes au mengier ne desprises,
Et quant tu te siés au mengier
Garde toy bien de laidengier ¹,
Ains fais grande chiere et grant joye,
Ne ne parle par quoy l'en loye ² ;
Quant au mengier mains parleras,
Plus paisible (tu t'en) yras.

Cellui qui courtoisie a chier
Ne doit pas ou bacin crachier,
Fors quant sa bouche et ses mains leve,
Ains mette hors, qu'aucun ne greve.

¹ *Laidengier,* dire des injures, tenir des mauvais propos, calomnier, diffamer.

² Ceci paraît signifier : *Ne parle pas pour t'attirer des louanges.*

La table ostée, voz mains lavez,
Puis buvez bon vin, se l'avez;
A Dieu soit gloire, à Dieu soit grace,
Qui de noz cuers pechiez defface,
Et anime fidelium
Requiescant in gaudium.

II

S'ENSUIVENT

CONTENANCES DE LA TABLE.

—

I.

NFANT qui veult estre courtoys,
Et à toutes gens agreable,
Et principalement à table,
Garde ces regles en françoys.

7

II.

Enfant soit de copper soingneux
Ses ongles et oster l'ordure;
Car se l'ordure il y endure
Quant ilz se grate yert roingneux.

III.

Enfant d'honneur, lave tes mains
A ton lever, à ton disner,
Et puis au soupper sans finer;
Ce sont trois foys à tout le moins.

IV.

Enfant, dy *benedicite,*
Et faiz le signe de la croix,
Ains que tu prens riens, se m'en crois,
Qui te soit de necessité.

V.

-Enfant, quant tu seras aux places
Où aucun prelat d'eglise est,
Laisse luy dire, s'il luy plaist,
Tant *benedicite* que graces.

VI.

Enfant, se prelat ou seigneur
Te dit de son auctorité
Que dies *benedicite,*
Fais le hardiement, c'est honneur.

VII.

Enfant, se tu es en maison
D'autrui, et le maistre te dit
Que tu sées, sans contredit
Faire le peulz selon raison.

VIII.

Enfant, prens de regarder peine
Sur le siege où tu te sierras,
Se aucune chose y verras
Qui soit deshonneste ou vilaine.

IX.

Enfant, quant tu seras assis
Pour ton corps refectionner,
Soit au soupper, ou au disner,
Montre toy prudent et rassiz.

X.

Enfant, prens du vin et du pain,
Ce qu'il souffist à ta nature,
Sans trop ne peu, selon mesure ;
Qui trop en prent est dit villain.

XI.

Enfant, tu ne te doibs charger
Tant de ta premiere viande,
Se plusieurs en as en commande,
Que d'autres ne puisses menger.

XII.

Enfant, se tu es bien scavant,
Ne mès pas ta main le premier
Au plat, mais laisse y toucher
Le maistre de l'hostel avant.

XIII.

Enfant, gardez que le morseau
Que tu auras mis en ta bouche
Par une fois, jamais n'atouche,
Ne soit remise en ton vaisseau.

XIV.

Enfant, ayes en toy remors
De t'en garder, se y as failly,
Et ne presentes à nulluy
Le morseau que tu auras mors.

XV.

Enfant, garde toy de maschier
En ta bouche pain ou viande,
Oultre que ton cuer ne demande,
Et puis apres la recrachier.

XVI.

Enfant, tu doibs prendre du sel
Dessus ton taillour, et saloir
Ta viande pour mieulx valoir,
Ou dedans ung autre vaissel.

XVII.

Enfant, garde qu'en la saliere
Tu ne mettes point tes morseaulx
Pour les saler, ou tu deffaulx,
Car c'est deshonneste maniere.

XVIII.

Enfant, se tu bois de fort vin,
Mets y eaue attremprement,
Et n'en boy que souffisamment,
Ou il te troublera l'engin.

XIX.

Enfant, se tu es ung yvrongne
Par trop boire, il est deshonneste,
Et en auras mal en la teste,
Et puis apres honte et vergongue.

XX.

Enfant, garde que sur ton boire
Ne habonde trop en parolles,
Car la manie en est moult folle;
Enfant de bien ne le doit faire.

XXI.

Enfant, à table je t'ordonne
Sur tout que point tu ne sommeilles,
Et aussi que tu ne conseilles ¹
En l'oreille d'autre personne.

¹ *Conseiller*, parler bas.

XXII.

Enfant, jamais la bouche pleine,
Tu ne dois à autrui parler,
Ne boire aussy pour avaler,
Car c'est chose par trop vileine.

XXIII.

Enfant, garde, se tu es saige,
En quelque bancquet que tu voyses [1]
Soit de seigneurs, ou de bourgeoyses,
De trop habonder en langaige.

XXIV.

Enfant, soyes tousjours paisible,
Doulx, courtois, bening, amiable,
Entre ceulx qui sierront à table,
Et te gardes d'estre noysible [2].

XXV.

Enfant, ce te est chose honteuse,
Se tu as serviette ou drap,

[1] *Que tu voyses,* que tu ailles.
[2] *Noysible,* bruyant.

De boire en aucun hanap,
Ayant la bouche orde et baveuse [1].

[1] Cette pièce est du milieu du xve siècle. On se servait alors de serviettes, tandis que plus anciennement, aux xiii et xive, on s'essuyait la bouche avec la nappe. En voici un exemple qu'il ne sera pas inutile de rapprocher de ces quatrains. Il est tiré du *Chastiement des Dames,* poëme dans lequel Robert de Blois enseigne aux dames comment elles doivent se conduire dans le monde.

> Toutes les foiz que vous bevez,
> Vostre bouche bien essuiez,
> Que li vins encressiez ne soit;
> Qu'il desplest moult à cui le boit.
> Gardez que voz iez n'essuez,
> A cele foiz que vous bevez
> A la nape, ne vostre nez,
> Qar blasmée moult en serez.

(*Fabliaux de Barbazan,* édit. Méon. T. 2, p. 200.)

Le Grand d'Aussy, dans la *Vie privée des François.* Paris, 1782. T. 3, p. 139, assure que l'usage de s'essuyer la bouche à la nappe et de ne pas avoir de serviettes s'était encore conservé en Angleterre.

XXVI.

Enfant, se tu faiz en ton verre

Souppes de vin aucunement,

Boy tout le vin entierement,

Ou autrement le gecte à terre.

XXVII.

Enfant, garde de presenter

A-ton hoste pain ne viande.

Prendre en peut sans qu'on luy commande ;

Autre ne l'en peut exempter [1].

XXVIII.

Enfant, soies plain et joyeux

En tout ce que tu fais ou dis,

Ne te habandonne à nulz vains dis,

Tu n'en pourras valoir que mieulx.

---

[1] Robert de Blois fait aux dames la même recommandation :

En autrui meson ne soiez

Trop larges, se vous i mangiez :

N'est cortoisie, ne proece,

D'autrui chose faire larguece,

(*Ibid.*, p. 201.)

XXIX.

Enfant, se aucun serviteur oste
Aucun plat qui soit devant toy,
N'en fais semblant, tais t'en tout quoy,
Il souffist puis qui plaist à l'hoste.

XXX.

Enfant, garde toy de remplir
Ton ventre si habundamment,
Que tu ne puisses saigement
Tes bonnes œuvres acomplir.

XXXI.

Enfant, se tu veulx en ta pence
Trop excessivement bouter,
Tu seras constraint à rupter
Et perdre toute contenance.

XXXII.

Enfant, se tu es saige, escoute
De la table les assistans,
Sans parler fors qu'à heure et temps,
Et ne te tiens pas sur le coubte.

XXXIII.

Enfant, se ton nez est morveux,
Ne le torche de la main nue,
De quoy ta viande est tenue.
Le fait est vilain et honteux [1].

XXXIV.

Enfant, en quelque compaignie
Que soyes, ne veuilles nifler
Ton nez, ne faire hault sifler ;
C'est deshonneur et mocquerie.

XXXV.

Enfant, metz ces dis en entente
Et les retiens en ton couraige.
Le residu de ton potaige
Jamais à autruy ne presente.

---

[1] Le linge était alors si rare, que l'on ne connaissait pas les *mouchoirs;* la politesse consistait à se moucher avec les doigts de la main gauche, parce qu'on mangeait avec ceux de la main droite.

XXXVI.

Enfant, garde toi de frotter
Enssamble tes mains, ne tes bras
Ne à la nappe, ne aux draps;
A table on ne se doit grater.

XXXVII.

Enfant, apres que tu as prins
Des biens de ton hoste ou hostesse,
Remercie les de leur largesse;
Tu n'en pourras estre reprins.

III

BALLADE,

A CE MESMES (*ENFANT*).

—

ENFANT, oultre quoy que tu faces
Apres ton mengier et ton boire,
Souviengne toi de dire graces;
Tu es obleigé de ce faire,
Et remercie Dieu le pere,
Qui des biens t'a donné assez;
Et pour toutes œuvres parfaire,
Prie Dieu pour les trespassez.

L'enfant saige tenu sera,
En toute bonne compaignie,
Qui bien ces reigles gardera
Sans avoir honte ou villonnye.
Qui les tiendra, je vous affye,
Dedens son cuer bien enchassez,
Honneur aura, mais qu'il n'oublie
Prier Dieu pour les trespassez.

Enfant, tu te doibs recoler
Apres qu'auras beu et mengié,
Et ains que t'en veulles aler,
Pour ceulx qui ont les biens gaingné;
Et te souviengne en pitié
Que de ce monde sont passez,
Ainsi que tu es obleigez
Prier Dieu pour les trespassez.

Prince enfant, tu es tenu
Des biens qui te sont amassez,
Dont ton estat est soustenu,
Prier Dieu pour les trespassez.

IV

AUTRES

CONTENANCES DE TABLE.

—

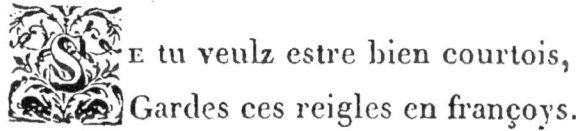 E tu veulz estre bien courtois,
Gardes ces reigles en françoys.

Assez souvent tes ongles roingne ;
Longs ongles font venir la roingne.

De tes ongles oste l'ordure ;
Les avoir ors est grant laidure.

Lave tes mains devant disner,
Et aussy quant vouldras soupper.

Ainçois fais *benedicite*
Que prennes ta necessité.

Seoir te peulz sans contredit
Au lieu où l'oste si te le dit.

De pain, de vin, tu dois peu prendre
S'autre viande doibs actendre.

Le morsel mis hors de ta bouche
A ton vaissel plus ne le touche.

Ton morsel ne touche à saliere,
Car ce n'est pas belle maniere.

Boy sobrement à toute feste,
A ce que n'affolles ta teste.

En ton vin et boire tenir
Ne veuilles long plait maintenir.

Se tu fais souppes en ton verre,
Boy le vin ou le gette à terre.

Ne boy pas la bouche baveuse,
La coustume en est honteuse.

Se tu te veulx faire valoir,
Sobre parler tu dois avoir.

Il est conseillé en la Bible
Entre les gens estre paisible.

Ne parles point la bouche pleine,
Car c'est laide chose et vileine.

Apres monstre toy liez tousdiz;
Ne habunde trop en vains dits.

S'on oste le plat devant toy,
N'en faiz compte et t'en tais coy.

De ta touaille ¹ ne faiz corde,
Honnesteté ne s'y accorde.

¹ *Touaille,* serviette.

8

En plain disner, ou en la fin,
N'efforce l'oste de son vin;

Et ne rempliz pas si ta pance
Qu'en toy n'ait belle contenance.

Ne faiz pas ton morsel conduire
A ton coustel qui te peult nuyre.

S'entour toy a de gens grans roucte [1],
Garde que ton ventre ne roupte.

Regarde à la table et escoute,
Et ne te tiens pas sur ton coulte.

Ne touche ton nez à main nue
Dont ta viande est tenue.

Ne torche de nappe tes dens,
Et si ne la mès point dedens.

Ne offre à nul, se tu es saige,
Le demourant de ton potaige.

---

[1] *Roucte* ou *route*, troupe, foule. C'est le *rout* des Anglais.

Tiens devant toy le tablier net ;
En ung vaissel ton relief met.

Tiens toy nectement, et regarde
Comment à toy chacun prent garde.

Ne mouche hault ton nez à table,
Car c'est ung fait peu aggreable.

Ne frotte tes mains ne tes bras
L'un à l'autre, ne à tes draps.

Oultre la table ne crache point ;
Je te diz que c'est ung lait point.

Ne furge tes dens de la pointe
De ton coustel ; je le t'apointe.

Se on met lettres en ta main,
Mès les tantost dedens ton sein.

Se tu es servy de froumage,
Si en prens pou, non à oultraige.

Garde toi bien de conseiller
A table, ne de sommeiller;

Et se tu es servy de nois,
N'en mengeue que deux ou troys.

S'on sert de fruit devant lever,
N'en mengeue point sans le laver.

Quant ta bouche tu laveras,
Ou bacin point ne cracheras.

Quant tu rendras graces à Dieu,
Sy te tiens en ton propre lieu.

N'oublies pas les trespassez,
Qui de ce monde sont passez.

A ton hoste dois mercy rendre;
De t'en aler dois congié prendre.

Se on te fait boire apres graces,
Soit en hanap, ou verre, ou tasses,

Laisse premier boire ton hoste,
Et boy apres quant on lui oste.
Apres peulx dire à haulte voix :
A Dieu vous commans, je m'en vois.

Qui à ces ditz bien pensera,
A table plus saige en sera.
De séoir à table n'est digne
Qui d'aucun bien ne porte signe.

V

RÉGIME

POUR

TOUS SERVITEURS.

—

S E tu veulz bon serviteur estre,
Craindre dois et aymer ton maistre ;
Soyes humble, net et traictable.
Mengier dois sans séoir à table.
Fuy vin et toute gloutonnie.
Suys tousjours bonne compaignye.
Dy tes parolles sans jurer,
Et te garde de parjurer.

Soies paisible, sans noyse faire.

Ne veulle à nul desplaisir faire.

Ne soies porteur de nouvelles,

Soient laides, ou soient belles.

Tiens net ta bouche, tes mains et dens,

Et ton corps dehors et dedenz.

Selon ton estat te maintien ;

A courtoysie la main tien.

Toutes gens d'honneur, gaingne ou perte,

Salue à teste descouverte.

Fuy detractions et mesdiz,

Bourdeaux, tavernes, jeux de diz.

A nul ne fais et ne pourchasse ¹....

Soit seculier, ou clerc, ou prestre.

Il te fault pour le bien servir,

Se son amour veulz desservir

Laissier toute ta voulenté

Pour ton maistre servir à gré ;

Et sy dois tousjours labourer

¹ Il manque ici deux vers dans le manuscrit ; le sens est incomplet.

A le servir et honnorer,

En tout lieu et en toute place,

Lealment sans point de fallace.

Ne mesdis de nulle personne,

Quelque elle soit, ou male, ou bonne,

Et se aucun vas advisant

Qui soit de autrui mesdisant,

A l'escouter jà ne te plaise,

Mais le blasme et dy qu'il se taise.

Tousjours te doibs matin lever

Soit en esté, ou en yver,

Car trop dormir est grant paresse,

Et de pou d'honneur en jeunesse.

Et aussy te fais asçavoir

Que de trois choses dois avoir

Proprement la condicion,

Dont la significacion

Maintenant je te veul retraire.

Dos d'asne si est la premiere,

Les autres sont, que bien le saiche,

Grouing de porc, oreilles de vache,

Par dos d'asne, qui les fais porte,

9

Et que de batre on ne deporte,

Tu dois entendre, sans doubter,

Que soigneusement dois porter

La cure, le faiz et la charge

De ce que ton maistre t'encharge

Diligemment et à grant haste.

Par grouing de porc, qui par tout taste,

Et par tout se boute et se fiert,

Dois entendre qu'à toy n'affiert

Danger [1] de vin ne de viande,

Chaulde, froide, petite ou grande,

Tout dois mengier par appetit,

Quoy que ce soit, grant ou petit,

Car servant lasche et paresseux

Et de viande dangereux [2],

C'est une tres mauvaise tache.

Apres par oreilles de vache

Grandes et larges, dois entendre

Que nul desplaisir ne dois prendre

[1] *Danger*, difficulté.

[2] *Dangereux*, difficile.

En riens ¹ que ton maistre te dye,
Et s'il advient qu'il te maldie,
Ou qu'il se courrouce et te tance,
Tu ne le dois prendre en offence,
Mais te dois taire à grans merveilles,
Et avoir les grandes oreilles
A escouter sans riens desdire,
Tant que ton maistre vouldra dire.
Se ton maistre tu sers à table,
Ce te sera chose honnorable
De servir gracieusement.
Tu dois mettre premierement
En tous lieux et en tout hostel
La nappe, et apres le sel;
Cousteaulx, pain, vin, et puis viande,
Puis apporter ce qu'on demande.
Riens n'osteras sans commander.
Aussy je te veul adviser,
Se tu sers maistre qui ayt femme,
Bourgeoyse, damoiselle, ou dame,

¹ *Riens*, chose, du latin *res*.

Son honneur dois par tout garder,
Et de ton maistre, sans tarder,
Va promptement et comme saige,
S'il t'envoye en aucun messaige,
Dy ton cas sans riens adjouster;
Tu n'y dois mettre, ny oster,
Et se tu sers ou clerc ou presbtre,
Gardes ne soyes vallet maistre.
S'il est que soyes secretaire
Tu dois tousjours les secrez taire,
Ne jamais ne dois reveler
Les choses qui sont à celer.
Se tu sers juges, ou advocas,
Ne rapporte nuls nouveaulx cas;
Ne procure à nulluy dommaige,
Tousjours te maintiens comme saige,
Sans pourchasser, ne faire injure.
Et s'il te advient par adventure
A servir duc, ou prince, ou conte,
Marquis, ou baron, ou visconte,
Ou autre terrien seigneur,
Ne soyes de taille inventeur,

D'impostz, de subsides, et les biens
Du peuple ne leur oste en riens,
Sans cause juste et necessaire;
Ne jà pour flater, ne pour plaire,
Ne donne à ton maistre couraige
De faire honte ne dommaige
A nul par fait ne par parolle,
Mais se tu l'en véois en colle ¹,
A ton povoir l'en dois garder,
Et de mal faire retarder.
Se tu sers gentil-homme en guerre,
Soit tant par mer comme par terre,
Ne va desrobant nulle gent,
Ne leur oste or ny argent.
Ne va pas de ceulx les biens prendre
Que tu dois garder et deffendre,
Ne à nulles gens seculiers
Ne faiz ennuys, ne destourbiers;
Crains tousjours de Dieu la vengence
Et mès en lui ta confidence;

¹ *Colle,* désir, disposition.

De nul pillier ne peut bien prendre,
Car à la fin le fault tout rendre.
Ne prens par force nulle femme,
Ne leur faiz honte ne diffame,
Et quant telz fais faire vouldras,
Souviengne toy que brief morras;
Orde et puante viande aux vers,
Lors seront bien changiez ces vers,
Car ton corps qui tant est nourry,
En terre ou hors sera pourry.
Bien sera changée ta besoingne,
Car vers mengeront ta charoingne,
Et ton ame en torment yra,
Duquel jamais ne partira.
Advise toi donc, c'est le mieulx;
Tu voys la mort devant tes yeulx,
Crains Dieu, car il rend gaingne ou perte
A chascun selon sa desserte.
Aymes et crains Dieu en ton cuer,
Et jà ne veuilles à nul feur
Faire faulx traict ne trahison,
Et tousjours, en quelque maison,

Ou quelque maistre que tu serves,
Faiz se tu peulx que tu desserves
La grace et l'amour de ton maistre,
Affin que puisses maistre estre
Quant il sera temps et mestier.
Mès peine à sçavoir bon mestier,
Car pour ta vie praticquer,
Tout ton cuer y dois applicquer.
En ce faisant tu pourras estre
Et devenir de vallet maistre,
Et te pourras faire servir,
Et pris et honneur desservir.
Et acquerir finablement
De ton ame le sauvement.

VI

QUATRAINS MORAUX.

—

I.

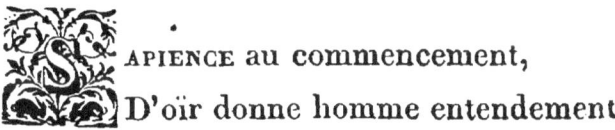APIENCE au commencement,
D'oïr donne homme entendement
De Dieu servir et bien amer,
Mais li fol n'y veullent penser.

II.

Homs qui despent plus qu'il ne doit,
En povreté mourir se voit;
Et cilz qui despent par raison
Bien multiplie, ce voit-on.

III.

Fols est qui ne se veut servir
Quant n'a dont sergens puist tenir;
Maisement [1] penseroit d'autruy,
Quant il ne veult penser de luy.

IV.

Qui trop est serf en son avoir,
Paix ne honneur ne puet avoir;
Trop est la richesse mauvaise
Dont li sires n'a preu ne aise.

V.

Revel [2] c'om ne puet maintenir,
Fait maint homme pour fol tenir;
Mieulx vault du sien faire raison
Que oultrage en autrui maison.

VI.

Qui riens commence, il doit sentir
A quel chief il en puet venir.

[1] *Maisement*, malaisément, difficilement.

[2] *Revel*, fêtes bruyantes. Ce mot s'est conservé dans la langue anglaise.

Nul ne doit dire quant riens fait
De l'euvre ains que faite l'ait.

VII.

Par folement boire et mengier,
Se puet-on bien adamagier;
Fols est cil, tel est mes recors,
Qui par sa langue pert son corps.

VIII.

Deux choses sont que pas ne quier,
'C'est jeune femme et esprivier [1],
Car il fault pour eulx trop veillier,
Et si les pert-on de legier.

IX.

Qui son povoir veult essaucier,
Ains [2] ses amis et tiengne chier.
Souvent sont plus fors .ij. amis
Que ne soient .iiij. ennemis.

[1] *Esprivier,* épervier.

[2] *Ains,* aime.

X.

Je pris plus un petit avoir,
Dont on puet paix et Dieu avoir,
C'un tresor par yre acquesté
Dont on ait enfer achaté.

XI.

Se fortune t'a mis sur roye [1],
Par bons fais te dois alever.
Si gart que point ne t'en desvoye,
Peine seroit du relever.

XII.

Merveille est que Dieu ne confont
Les lieux et ceulx qui contrefont,
Qu'ilz aient en eulx vraye raison,
Et si n'y a que traïson.

XIII.

Qui blandist [2] homme par devant,
Et d'arrier le va decevant,

---

[1] *Roye*, roue.

[2] *Blandir*, flatter, caresser.

Il point ¹ pis à m'entencion
Que la queue de scorpion.

XIV.

Je lo à tout homme et ennorte ²,
Que de bons fais prenne sa sorte,
Soustiengne droit et raison face;
Par ce verra Dieu en la face.

XV.

Li homme qui a noble richesse
Maintiengne à point doulce largesse,
A moderé contenement,
Et si se tiengne nettement.

XVI.

Saige felon doit-on cremir ³,
Et sot felon bien tost fuir,
Sot debonnaire deporter,
Et saige debonnaire amer.

¹ *Point,* il pique.

² *Ennorte,* j'exhorte, je conseille.

³ *Cremir,* craindre.

XVII.

Aime ton Dieu et son service,
Par ce pourras eschiver ¹ vice.
Soyes garnie d'umilité,
Pren compassion et pitié.

XVIII.

Quant ta jeunesce vois florir,
Penses qu'il te convient morir,
Laissier parens, biens, heritage;
Avoir n'y pùes autre avantage.

XIX.

Pour ta conscience avoir delivre ²,
Je te deffens de l'autrui vivre.
Soyes à patience offrans,
Vis de ton pain, tu seras frans.

XX.

Doulce parole fraint graint ire;
Dur parler cuer felon empire.

---

¹ *Eschiver,* éviter.

² *Delivre,* légère, exempte de remords.

Au bon parole doulcement,
Et au felon farougement.

XXI.

Il te convient par estouvoir [1],
Se tu veulz bon service avoir,
Laissier toute ta voulenté
Pour ton seigneur servir à gré.

XXII.

Qui de son serf fait son seigneur,
Vivre ne puet sans deshonneur;
Qui gette ce qu'à ses mains tient
A ses piés, pour fol se contient [2].

XXIII.

Folz est cil qui se laist sousprendre,
De ce dont autrui veult reprendre.
Rens ne puet estre de grant pris
Dont li maistres remaint souspris.

---

[1] *Par estouvoir,* par nécessité, nécessairement.

[2] Voyez le 7ᵉ quatrain du numéro VIII. Il donne une variante de ce quatrain.

XXIV.

Grans dons font maint homme avugler,
En droit et en tort eslever;
Qui plus convoite qu'il ne doit,
Sa couvoitise le deçoit.

XXV.

Qui trop en son cuidier se fie,
Decéu s'en voit à la fie [1].
Il advient bien que li homs mort
Tel morsel qui le maine à mort.

XXVI.

Qui reprent avant qu'il n'entent
De folie chiet en present.
Mieult vault qu'il despont [2] sa folie
Que clerc qui celle sa clergie.

XXVII.

Il vault mieulx oïr et aprendre
Que trop grant folie entreprendre.

---

[1] *A la fie,* à la fin. Cette altération est faite pour la rime.

[2] *Qu'il despont,* montre, expose, fasse connaître.

Tant vault cil qui ot et y n'entent
Comme cil qui chace et riens ne prent [1].

XXVIII.

Ne puet servir fiablement
Qui recort [2] amoureusement.
Au service voit-on l'amour;
De ce ne suis pas en cremour.

XXIX.

Pis vault compains, s'il n'est loyaulx,
Que plaie dont on voit les boyaux,
Car à plus grant peine est sanée
Plaie de langue que d'espée.

XXX.

Grant folie est de tant amer,
C'om face de son doulz amer,
Amer, haïr trop cruelment
Font faire maint faulx jugement.

---

[1] Autant vaut entendre sans comprendre, que chasser et ne
rien prendre.

[2] *Qui recort,* qui parle.

XXXI.

Hoste hors de ton oeil l'estueil [1]
Qu'en l'autrui vois le festueil [2].
Folz est qui ne congnoist en luy
Ce qu'il veult jugier en autruy.

XXXII.

Qui donner veult ne doit attendre
C'om lui ruist; son don seroit mendre [3].
A son amy, combien c'om l'aint,
Demande assez qui se complaint.

XXXIII.

Homs qui veult jugier loyaument,
Doit garder au commencement;
Que trop ne soit d'amours souspris,
Ne de grant hayne entrepris.

---

[1] *L'estueil,* la paille.

[2] *Le festueil,* le fétu.

[3] Celui qui veut donner ne doit pas attendre qu'on lui demande; son don en serait moindre.

XXXIV.

Qui aucques vit et souffrir puet,
Il voit aucques de ce qu'il veult;
Souffrir est bon quant on ne puet
Grant chose, et à faire l'estuet.

XXXV.

Bon fait congnoistre et user
Dont on puet le mal eschiver,
Au venin congnois le triacle [1],
Et au meshaing le miracle.

XXXVI.

Qui son don apres pleure et plaint,
La grace de son don estaint.
Mieulx vault un don de lie cuer seulx
Que .iiij. de cuer angoisseux.

XXXVII.

Cil qui son cuer veult garder d'ire,
Croire ne doit quanqu'il ot dire;

[1] *Triacle,* thériaque, contre-poison.

Car qui fait des oreilles nasse [1],
Grant tourment en son cuer amasse.

XXXVIII.

Qui plus despent qu'à lui n'afiert,
Sans cop ferir à mort se fiert.
C'est trop folement despendu,
Quant pour despendre est-on perdu.

XXXIX.

Ou tost, ou tart, ou près, ou loing,
A le fort du fueible besoing;
Pour ce le doit-on deporter
Quant il puet bien avoir mestier.

XL.

Quant un homme au dessoubz vient,
A ame de lui ne souvient;
Mais quant fortune l'a hault mis,
Chascun veult estre ses amis.

[1] *Qui fait des oreilles nasse* : expression empruntée de la pêche.

XLI.

Ou monde n'a traison si grant,
Com celle qu'on fait par semblant
De servir amoureusement,
Et d'eschever vray jugement.

XLII.

Qui compaignie au saige tient,
Par raison saige en devient;
Et qui d'amour à fol s'assemble,
Il convient qu'à lui ressemble.

XLIII.

Se tu ne mets raison en toy,
Mesure l'i mettra de soy;
Se tu l'i mets, tu es sauvez,
S'elle s'i met, tu es dampnez.

XLIV.

Saige est qui l'omme deporte,
Qui yre et mal-talent supporte;
Je ne sçay chose qui tant plaise,
Ou com dise bien, ou com se taise.

XLV.

Ou monde n'a si grant dommage,
Com grant seigneur à fol courage;
Par seigneur de fol escient,
Ont le leur perdu mainte gent.

XLVI.

Peupple qui n'a gouvernement,
Va à declain villainement;
Et cil acquiert son sauvement,
Qui bon conseil requiert souvent.

VII

AUTRES

QUATRAINS MORAUX.

—

I.

Les mandemens souvent repeteras,
Car en lisant cy dedens trouveras
Moult de choses qui sont à eschiver;
Or entens doucques ces mos sans estriver [1].

[1] *Estriver*, débattre, contredire.

II.

Veillier est bon, dormir fait les gens nices ;
En long repos se nourrissent les vices,
Luxure y maint, gloutonnie et yvresce,
Et accide qu'on appelle paresce.

III.

C'est grant vertu de sa langue reffraindre ;
A plus grant bien ne pourroit homs attaindre
Que par raison parler et à point taire ;
Prouchain à Dieu est cils qui ce scet faire.

IV.

N'estrive pas contre vaines paroles
De ces jangles ¹ que dient les gens foles ;
Chacun parle de folie ou science,
Mais pou en est qui aient sapience.

V.

Ne t'entremet de raconter nouvelles
Qu'on ne die que les contreuves telles ;
Car le taire ne puet à nullui nuire,
Mais trop parler pourroit homme destruire.

¹ *Jangles,* caquets, bavardages.

VI.

Enfant tout nu t'a procréé nature;
Riens n'apportas, tout gist à l'aventure;
Soies preudons de bonne conscience;
Ta povreté dois prendre en pacience.

VII.

N'aiez paour ne doubtance de la mort,
Qui en la fin à tout ravir s'amort.
Qui la craint trop il pert et vie et joye,
Et l'eschiver ne puet par nulle voye.

VIII.

Les secrès Dieu ne dois pas encerchier,
Ne les haulx cieulx, ne leurs cours reverchier;
Tu es mortelz, tes fortunes sont telles,
Cures ne dois que des choses mortelles.

IX.

C'est folie de la mort trop doubter,
Car en tout temps se veult es gens bouter;
Qui trop la craint, il n'en eschappe mie,
Et si y pert les joyes de la vie.

X.

De trop avoir ne puet homs bien joïr,
Mais de petit se doit-on esjoïr;
La nef ne craint que tempeste la fiere,
Qui portée est en petite riviere.

XI.

Grans richesses desprise en ton courage;
C'est mal éür d'en avoir à oultrage.
Elles nuisent quoy que les gens en dient;
Quant aux avers, plus en ont, plus mendient.

XII.

Jamais nul jour, tant que le temps te dure,
Ne te fauldront les prouffis de nature;
Se la chose dont dois estre contens,
Tu prens en gré sans noise et sans contens.

XIII.

Se tu es folz, et que mal te gouvernes,
Et suis bourdeaux, jeux de dés et tavernes,
S'il te meschiet, ne di pas comme bugle [1]
Que fortune qui bien voit soit avugle.

[1] *Bugle,* buffle, bœuf sauvage.

XIV.

De richesse dois saigement user,
Et d'estre aver dois le nom refuser ;
Que te vauldroit se tu estoies riche,
Et en ton cuer povre, aver et chiche.

XV.

Apren tousjours, il avient que pecune
Soubdainement se gaste par fortune ;
Ta science et ton art te demeure
Pour ta vie, ne te fault à nulle heure.

XVI.

Taire te dois quant chascun parlera ;
La parole des gens t'enseignera
A congnoistre leurs meurs et leurs couraiges ;
Leurs voulentés feras par leurs langaiges.

XVII.

Suy les saiges et apren leur doctrine ;
Aux nonsachans monstre ta discipline ;
Bonne chose est de provigner science,
Car le bon fruit vient de bonne semence.

XVIII.

Se de telz biens te desplaist la fortune,
Considere tes faultes une et une,
Pourquoy tu es ne pour quele occasion,
Pieur [1] d'autrui qui des biens à foison?

XIX.

Se valoir veulz il te convient savoir;
Fais par ton sens que tu ayes avoir,
Car qui en a en los et onneur monte,
Et qui n'a riens, on ne tient de lui compte.

XX.

Se tu le sens de ce monde savoyes,
Ou temps present et point d'argent n'avoyes,
Et tu féüsses aussi bon com saint Pol,
Se tu n'as riens, on te tendra pour fol.

XXI.

N'esmeues ton cuer pour les choses adverses,
Car elles sont contraires et diverses;

[1] *Pieur*, pire.

Mais en tous cas, retien bonne esperance
Jusques à la mort, et aies attrempance [1].

XXII.

Une chose vault moult et a valut,
C'est que premiers cures de ton salut;
Se de douleur sceus ton corps entamer,
Tu ne dois pas pour ce le temps blasmer.

XXIII.

Remembre toy d'eschiver les paroles
Flateuses qui sont plaisans et moles,
Car en parlant est simplece fraudeuse,
Et le flateur a langue venimeuse.

XXIV.

Soyes appert et eschieve paresce,
Et oiseuse qui le courage blesce;
Quant courage languist dedens et hors,
La paresce degaste tout le corps.

XXV.

Attrempe toy quant tu seras à table;
Ne parle trop ne de vray, ne de fable;

[1] *Attrempance*, modération, tempérance.

Car pour jangleux [1] seroies renommez,
Puis que courtois tu veulz estre nommez.

XXVI.

Tes garnisons [2] dois faire de saison,
Et tes choses despendre par raison
Sans abuser; ceulx sont fols qui s'en hastent,
Deffault en ont apres quant ils les gastent.

XXVII.

Remembre toy des mos que tu escoutes,
Je t'ay jà dit que la mort point ne doubtes;
Se riens ne vault, toutesvoies je t'afferme
Que tous les maulx met à fin et à terme.

[1] *Jangleux*, bavard.
[2] *Garnisons*, provisions.

VIII

AUTRES

QUATRAINS MORAUX.

—

I.

Ours, lyon, chat, singe et chien,
Ces .v. bestes aprenion bien;
Mais on ne puet par nul engien,
Mauvaise femme aprenre bien.

II.

Par beau parler, ne par savoir,
N'est nul prisiés s'il n'a avoir;
Car par avoir est-on amé,
Et par avoir deshonnoré.

III.

Un povre à franc tenement
Vault mieulx c'un serf à grant argent;
Or ne argent ne vault au monde,
Riens fors grace quant Dieu l'abonde.

IV.

A la fois advient que li hom
Bat le chien devant le liom.
Belle dottrine met en lui
Qui se chatie par autrui.

V.

Il est bien fol qui entreprent
Chose dont apres se repent;
Mieulx vault au mal non consentir
Qu'apres le fait lui repentir.

VI.

A qui soufflist ce que Dieu donne,
Plus a que telz porte-couronne.
Folz est qui convoite autrui terre
Pour tousjours demourer en guerre.

VII.

Qui de son serf fait son seigneur,
Vivre ne puet sans deshonneur.
Ycilz comme folz se maintient
Qu'à ses piés met qu'à ses mains tient [1].

VIII.

On a amis par grant avoir ;
Povres homs n'en puet nulz avoir.
Qui li sien despent folement,
Il n'est prisiés de nulle gent.

IX.

Il fait bon eschiver l'ennuy
Dont nul bien revient à nullui.

---

[1] Voyez le quatrain XXII de la première série, plus haut,
page 111.

Qui maintient fole compaignie
Souvent en pert honneur et vie.

X.

Assez vault mieulx amis en voye
Que ne font deniers en courroye.
Qui de prendre est ameneuiz [1],
De donner doit estre hardiz.

XI.

Beau filz, pren garde que tu dis;
Tu ne scés où tu as amis.
Il vault mieulx targier [2] de mesprendre
Que trop grant folie entreprendre.

XII.

Qui le bien voit et le mal prent,
Il fait folie à escient.
On doit clamer pour fol cellui
Qui pourchasse le sien ennuy.

---

[1] *Ameneuiz*, diminué.
[2] *Targier*, différer.

XIII.

Homs monte par humilité;
Mesure le tient en chierté;
Orgueil fait homme trébuchier;
Paresce le fait mendier.

XIV.

Qui d'autrui dueil a lie courage,
Souvent est près de son dommage,
Et ne doit nulz amer celluy
Qui a joye d'autrui ennuy.

XV.

En toute souef nourriture,
Ne gist mie bonne aventure;
Il fait bon faire par mesure,
Car on ne scet combien on dure.

XVI.

Tant vault amour comme argent dure;
Quant argent fault amour est nulle.
Qui le sien despent folement,
Il n'est amé de nulle gent.

XVII.

De ce que tu pues faire au main [1],
N'attens le soir ne l'endemain.
Tel maine au matin grant bobant [2],
Qu'ains le soir est le plus dolent.

XVIII.

En homme n'est riens tant nuiseuse,
Com c'est de maintenir oiseuse.
Saint Pol le dist, c'est bien certain,
Que oyseux ne doit mengier pain.

[1] *Main*, matin.
[2] *Bobant,* faste, somptuosité.

IX

ENSEIGNEMENS.

—

Beau filz, se tu veulz à honneur venir,
Il te convient de toy bannir
Orgueil, pour humble devenir.
Lever matin pour messe oïr,
Si ne te pourra mescheïr.
Apren labour pour toy chevir,
Aime le voir, hé le mentir ;
Des foles femmes abstenir

Te doys et trop bone cremir;
Le mesduire d'aultrui haïr,
Parler bel aux gens sans aïr.
Suy les bons, d'eulx te fay cherir.
Soies souffrans, plain de taisir,
Et te garde de trop dormir.
Se tu ces poins veulx acomplir,
Tu ne puès à grans biens faillir.

PREN, si sauras,
Se tu scés, tu auras,
Se tu as, tu pourras,
Se tu puès tu vauldras,
Se tu vaulx, bien auras,
Se bien as, bien feras,
Se bien fais, Dieu verras,
Se Dieu vois sains seras
A tousjours mais.

RONDEAUX ACROSTICHES

ADRESSÉS

A LOUISE DE SAVOIE

DUCHESSE D'ANGOULÊME.

12

AVERTISSEMENT.

—

Le petit manuscrit de M. Du Somme-rard contient six rondeaux-acrostiches sur le nom de Louise de Savoie, comtesse d'Angoulême. Il est sur peau vélin ; le carac-tère de l'écriture est une ancienne ronde. Un court avertissement de l'auteur, tracé en lettres d'or, occupe le recto du premier feuillet. Six miniatures d'une exécution ordinaire corres-pondent aux rondeaux.

Ces petites pièces ont pour nous un attrait tout particulier : elles sont adressées à l'une de nos plus illustres compatriotes, à la mère de

François Ier. Ce prince est né sur les bords de notre belle Charente, dans le château de Cognac, où des pilastres festonnés et des sculptures de la renaissance rappellent encore les souvenirs des jours de gloire et d'honneur qui ont illustré ce noble manoir [1].

Le manuscrit ne porte aucune date, mais les rondeaux sont postérieurs à l'avénement de François Ier à la couronne. On lit en effet ces vers dans le *rondel* de l'Humilité:

> Sur toutes Dieu te a divine approuvée,
> En te faisant *mère d'un si grand Roy*.

François, comte d'Angoulême, parvint au

---

[1] La mère de François Ier annonce ainsi sa naisssance: « François, par la grace de Dieu, roi de France, et mon » César pacifique, print la premiere experience de lumiere » mondaine à Congnac, environ dix heures apres midy 1494, » le douzieme jour de septembre. »

(*Journal de Louise de Savoye.*)

trône le 1ᵉʳ janvier 1514. Un de ses premiers
actes de souveraineté fut d'ériger le comté
d'Angoulême en duché, et d'en faire don à sa
mère; ainsi Louise de Savoie était duchesse
d'Angoulême quand ces poésies lui furent
adressées.

Leur médiocrité n'empêcha pas la duchesse
d'y porter une bienveillante attention; elle
semble en effet y avoir fait allusion dans ce
passage de son Journal de famille : « *Humilité*
» m'a tenu compagnie, et *Patience* ne m'a ja-
» mais abandonnée. »

La Princesse avait eu beaucoup à souffrir du
mauvais vouloir de la reine Anne de Bretagne;
c'est sans doute ce que l'auteur a en vue quand
il dit dans le rondel de *Patience contre Ire* :

> Soubz pacience ordonnas ta maison
> Es jours passez chassant rancune et ire.

Six miniatures accompagnent les rondeaux.

La première représente Louise de Savoie, duchesse d'Angoulême, sous la figure de l'Humilité ; habillée de blanc, elle est portée par un agneau ; de sa lance elle renverse l'Orgueil, monté sur un lion, vêtu d'une robe de couleur d'azur, la couronne ducale sur la tête.

On voit au bas de chacune de ces miniatures les armes de la comtesse, mi-parties d'Angoulême, qui est de France au lambel chargé de trois croissans, et de Savoie, qui est de gueule à la croix d'argent.

Dans la seconde miniature, Louise de Savoie, toujours vêtue de blanc, est représentée sous la figure de la Libéralité, montée sur un coq, tenant d'une main un plat d'or, et de l'autre une aiguière dont elle répand la liqueur. Elle repousse du pied l'Avarice, portée par un ours.

La troisième miniature montre Louise de Savoie dans le caractère de la Charité. Sa robe est la même, mais un riche diadème d'or et d'azur ceint sa tête. Elle est montée sur un palefroi alezan; d'une main elle tient un cœur dans lequel est tracé le monogramme sacré I. H. S., et de l'autre une étoile flamboyante. L'Envie, sous la figure d'une femme vêtue d'azur, à la chevelure dorée, s'incline en passant; elle est portée par un lévrier blanc qui fuit avec rapidité.

Dans la quatrième peinture, la princesse personnifie la Patience; elle est encore vêtue de sa robe blanche; ses cheveux blonds, s'échappant d'un réseau d'or, flottent sur ses épaules. Montée sur un bœuf, de sa lance elle renverse la Colère, qui, portée par un sanglier, tient d'une main un cimeterre et de l'autre un bouclier d'azur rayonné des traits de la foudre. La Colère est vêtue d'écarlate; ses traits sont menaçans; elle fait d'inutiles efforts pour frapper la Patience qui demeure invulnérable.

La Princesse, dans la cinquième miniature,

est peinte sous les traits de la Sobriété. L'âne
reconnu pour le plus sobre des animaux, lui
sert de monture; de sa lance elle terrasse Glou
tonnie, revêtue d'une souquenille en désordre
et montée sur le plus vil des animaux domes
tiques.

Dans la sixième miniature, Louise de Savoie
est représentée sous la forme de la Chasteté
Elle est debout; sa robe blanche est légère
ment azurée; un voile épais cache sa belle chevelure; d'une main elle tient une colombe, e
de l'autre la palme des vierges; la Luxure,
vêtue d'une tunique rouge, la poitrine presque
découverte et montée sur un bouc, fuit à l'as-
pect de la Princesse.

Le rondeau qui correspondait à cette peinture est perdu. Il en est de même de la miniature qui était placée vis-à-vis du rondeau de
Diligence contre Paresse.

CONJECTURES

SUR L'AUTEUR DES RONDEAUX.

Quand on retrouve des poésies anciennes, on voudrait savoir à qui elles peuvent être attribuées. Le nombre de ceux qui faisaient des rimes dans ces temps reculés n'était pas si grand que l'on ne puisse former des conjectures avec quelque vraisemblance. Privés de vieux livres à Angoulême, nous avons prié un de nos amis de Paris, qui en a réuni un assez grand nombre, de faire cette recherche. Nous allons donner les résultats du travail auquel il a eu la complaisance de se livrer.

Les premières probabilités semblaient d'abord se porter sur Octavien de Saint-Gelais, auteur de la *Chasse* et du *Départ d'amours*, d'une traduction des *Enéydes de Virgile*, etc. Né à Cognac, comme François Ier, il a dû bé-

13

gayer ses premiers vers pour la comtesse; mais le poëte, devenu évêque d'Angoulême, y mourut en 1502 [1], et c'est *la Mère du Roi* qui est célébrée dans les rondeaux. Octavien n'en est donc pas l'auteur.

Mellin de Saint-Gelais, 'fils naturel d'Octavien, vint très-jeune à la cour de France, dont il fit les délices; il en a été le Benserade; une fête n'aurait pas paru divertissante à cette

---

[1] Octavien de Saint-Gelais a été inhumé dans la cathédrale d'Angoulême, dans une chapelle que fit élever Jacques de Saint-Gelais, doyen de cette église, depuis évêque d'Uzès, frère d'Octavien. Son mausolée fut ruiné par les calvinistes, en 1568, avant d'avoir été entièrement achevé. (*Notice sur la cathédrale d'Angoulême*, par M. Eusèbe Castaigne. 1834, in-8, p. 8). Cette belle chapelle, dont les sculptures délicates sont une sorte de dentelle, n'a pas échappé à la sollicitude de M. Vitet, inspecteur des monumens publics, et par ses soins, unis à ceux de M. de Larreguy, préfet de la Charente, on la verra bientôt rétablie dans un état complet de restauration.

cour folâtre et chevaleresque si des vers de
Mellin n'y eussent pas été récités. Il a composé
pour les filles de Madame (*Louise de Savoie*) une
épître en réponse aux lettres du sieur de la
Vigne; on a aussi de lui une épitaphe de notre
Princesse [1] que l'on ne sera pas fâché de relire :

> Elle est icy, ne va point plus avant,
> Ces marbres grands sont de sa sepulture :
> Tu vois où gist celle qui peu devant
> Fit voir au monde en une creature
> Tout le pouvoir du ciel et de nature :
> Si tu la vis, remercie tes yeux,
> Car œil mortel jamais ne verra mieux,
> Bien que de tant les restes soient petites,
> Et que l'esprit soit retourné aux cieux,
> Trop tost pour nous et tard pour ses merites.

[1] Louise de Savoie mourut en 1531 au château de Grès,
près de Nemours. Il ne subsiste plus de ce château qu'une
vieille tour ruinée qu'on aperçoit de la grande route.

Mellin de Saint-Gelais, ce poëte gracieux dont Marot a dit :

> O Saint-Gelais, creature gentille,
> Dont le sçavoir, dont l'esprit, dont le stile,
> Et dont le tout rend la France honnorée,

a une manière à lui, un naturel qui le place près de Clément, et laisse loin derrière lui ces rimeurs, vrais compteurs de syllabes, qui les avaient précédés. Or, les rondeaux adressés à la duchesse d'Angoulême n'offrent guère que des mots distribués en lignes de mesures égales ; ils ne sauraient donc appartenir à Mellin.

Jean Marot, père de Clément, était un grand faiseur de rondeaux ; au moins il en faisait beaucoup ; mais quelque médiocres que soient les siens, ils ont encore quelque chose qu'on n'aperçoit pas dans les nôtres.

Il a bien fallu chercher ailleurs, et André de

la Vigne, l'ami et le contemporain d'Octavien
de Saint-Gelais, est devenu l'objet d'un exa-
men plus sérieux. Cet André de la Vigne était
un homme d'importance; attaché d'abord
comme secrétaire à Philippe de Savoie, père
de la duchesse d'Angoulême, il devint l'*ora-
teur* de Charles VIII, ou plutôt son *historio-
graphe*. C'est en cette qualité qu'il a écrit l'*Entreprinse et voyage de Naples*, dont la victoire
de Fornoue ne put nous conserver aucun des
avantages ¹. André fut ensuite secrétaire de

¹ Voyez *Le Vergier d'honneur, nouvellement imprimé à
Paris, de l'Entreprinse et voyage de Naples, auquel est com-
prins comment le roy Charles huytiesme de ce nom, à baniere
desployée, passa et rapassa de journée en journée depuis Lyon
jusques à Naples, et de Naples jusques à Lyon. Ensemble plusieurs aultres choses faictes et composées par reverend pere en
Dieu Monsieur Octavien de Saint-Gelais, evesque d'Angou-
lesme, et par maistre Andry de la Vigne, secretaire de la
Royne et de Monsieur le duc de Savoye, avec aultres.* Sans date,
gothique. In-folio. A l'enseigne de *la Rose blanche couronnée.*

la reine Anne de Bretagne, et il n'est pas sans
vraisemblance qu'après la mort de cette princesse, il aura cherché à se concilier de nouveau
la faveur, en adressant des hommages poétiques à la fille de son ancien maître qu'il voyait
sur le point d'être déclarée régente. André
faisait des rondeaux ; souvent il les embarras-
sait des plus bizarres acrostiches. Il méprisait
ce qui était simple, il lui fallait de l'extraordinaire ; aussi a-t-il fait des rimes qui, lues dans
leur ordre naturel, ou, comme il le disait, en
croix de Saint-André, offrent à peu près autant
de sens d'une manière que de l'autre. C'était
peu pour André de la Vigne ; on a de lui deux
couplets acrostiches sur le nom de *Charles,
bâtard de Bourbon* [1], qui peuvent se dire *en*

---

[1] Charles, bâtard de Bourbon, fils de Jean, duc de Bourbon, connétable de France, et de Louise d'Albret, dame
d'Estouteville. Il a été la tige des vicomtes de Lavedan, marquis de Malause. Le bâtard de Bourbon mourut en 1502.

*toutes les façons qu'on les voudra prendre, tant
en syncopant, rétrogradant, en montant et dévalant, que autrement, jusques à vingt fois* [1]. C'é-
tait véritablement un homme extraordinaire;
il faisait jusqu'à des ballades *en arbres, en
pierres* et *en fleurs* [2]; enfin rien ne lui parais-
sait impossible. Voilà le poëte qu'il nous fallait,
et nous ne balançons point à le proclamer
auteur de nos rondeaux [3].

[1] Voyez le volume cité à la signature P. iii. Vo. Les folios
n'en sont pas numérotés.

[2] Voyez la signature T. iiij. Ro.

[3] On a retrouvé dernièrement dans un manuscrit de la Bibliothèque du Roi, fonds de la Vallière, no 51, trois ouvrages dramatiques, dont l'auteur y est ainsi désigné : *Maistre
Andrieu de la Vigne, natif de la Rochelle, facteur du Roy.*
Le premier a pour titre : *La Farce du Munyer de qui le
deable emporte l'ame en enffer;* le second est la *Moralité de
l'aveugle et du boiteux.* Ces deux pièces ont été insérées en
1831, par M. Francisque Michel, dans le recueil intitulé :
Poésies des xve *et* xvie *siècles, publiées d'après des éditions*

En pourrait-on douter, quand on lit dans ses œuvres une ballade acrostiche, à la louange de *Charles, comte d'Angoulême* [1]; ayant chanté le

gothiques et des manuscrits. Paris, Sylvestre, 1830-1832. Le troisième de ces ouvrages est le *Mystère de saint Martin.* Il existe dans la Bibliothèque de Chartres un ouvrage sur le même sujet, intitulé : *Le Mystère de la vie et histoire de Monseigneur saint Martin*, gothique, à Paris, par la veuve Jean Bonfons. M. Hérisson, de Chartres, qui a déjà enrichi nos bibliothèques par la reproduction de divers opuscules devenus très-rares, fait espérer aux amis des lettres qu'il publiera une édition de ce curieux mystère. Comme il ne néglige rien de ce qui peut faire connaître nos antiquités, il ne manquera sûrement pas de comparer le livre imprimé avec le manuscrit de la Bibliothèque du Roi. On se contentera de donner ici cette indication. Il ne nous est pas prouvé que l'auteur des trois pièces soit le même qui a composé le *Vergier d'honneur;* c'est peut-être un de ses parens ; mais rien dans les poésies imprimées que nous avons vues d'André n'approche de la facilité du dialogue des deux pièces que M. Francisque Michel a publiées.

[1] Charles d'Orléans, comte d'Angoulême, mourut à Châteauneuf en Angoumois, le 1er janvier 1495.

mari, n'aura-t-il pas célébré les vertus de la comtesse? Nous avons d'abord eu la pensée de citer ici cette singulière ballade; mais les *difficultés*, ou, si on l'aime mieux, les *beautés* produites par le double acrostiche dont le rimeur s'impose la gêne, jettent tant d'obscurité sur la pièce, qu'il nous a fallu renoncer à la bien comprendre; et quand même nous y fussions parvenus, la plupart des lecteurs n'auraient pas eu autant de persévérance; il vaut donc mieux renvoyer le petit nombre de ceux qui ne veulent rien négliger aux œuvres du vieux poëte, quelque rares qu'en soient les exemplaires [1].

André de la Vigne, dans les six rondeaux que nous publions pour la première et vraisemblablement pour la dernière fois, a suivi

[1] Voyez la signature P. vi. Ro. Cette ballade commence par ce vers.

Cler camoyeu, de region monarche, etc.

sa méthode favorite; ils sont tous les six acros·
tiches sur le nom de *Loyse de Savoie;* tous les
six peuvent se lire de haut en bas et de bas en
haut, et le sens en est ménagé avec tant d'art,
que de quelque façon qu'on les lise, on y
trouve toujours à peu près autant de charme
et de clarté.

Afin d'éviter à nos lecteurs une peine que
peut-être ils n'auraient pas prise, nous leur présentons chaque rondeau d'abord dans l'ordre
naturel, et ensuite à rebours (*en dévalant et en
montant*). Ces petites singularités tiennent tant
soit peu à l'histoire littéraire du xvie siècle,
comme on le voit plus en détail au quin-
zième chapitre des *Bigarrures du seigneur des
Accords.*

L'Acteur à Madame.

En ce petit livre sont sept rondeaux [1] des vertus contre les pechez mortelz, en chascun des-
quelz es premieres lignes est le nom et surnom
de vous, MADAME, et pourrez relire lesditz rondeaux au rebours, commençant du bas en hault,
lesquelz se rentrent en retournant sus la der-
reniere ligne.

[1] Le rondeau de Luxure a été perdu. (Voyez plus haut
page 30.)

Humilité contre Orgueil.

L 'humilité tres parfaite de toy,
O ultre le gré d'orgueil et de sa loy,
J usque au plus hault reng d'honneur t'a levée;
S us toutes Dieu te a divine approuvée
E n te faisant mere d'un si grant Roy.

D 'ipocrisie oncques n'euz ung seul doy;
E nvers chascun seure promesse et foy,
S ans estre ingrate, en toy on a trouvée
     L'humilité.

A u tien grand cuer presuncion ne voy;
V aine gloyre as regectée à par soy;
O ultre cuydance est par toy reprouvée;
J e ne dis point parolle controuvée,
E ntre tes meurs clerement j'appercoy
     L'humilité.

Humilité contre Orgueil.

A rebours.

L'humilité

E ntre tes meurs clerément j'apperçoy,

J e ne dis point parolle controuvée;

O ultre cuydance est par toy reprouvée;

V aine gloyre as regectée à par soy;

A u tien grand cuer presuncion ne voy.

L'humilité

S ans estre ingrate en toy on a trouvée

E nvers chascun seure promesse et foy,

D 'ipocrisie oncques n'euz ung seul doy..

E n te faisant mere d'un si grant Roy

S us toutes Dieu te a divine approuvée.

J usque au plus hault reng d'honneur t'a levée

O ultre le gré d'orgueil et de sa loy

L 'humilité tres parfaicte de toy.

Libéralité contre Avarice.

L es biens mondains et grandz dons de fortune
O n ne t'a veu estimer une prune.
I ncessamment as acquis du sçavoir,
S ans amasser or, argent, ny avoir,
E n desprisant tous tresors de pecune.

D 'autruy bien n'as de rapine nesune,
E t qui plus est par couvoytise aulcune,
S us toy n'a lieu le fol desir d'avoir
   Les biens mondains.

A varice as en grand hayne et rancune,
V eu que ton cueur à tout vice repune.
O liberalle aulmousniere, pour voir,
J ournellement de donner faiz debvoir
E n ce bas monde à chascun et chascune
   Les biens mondains !

Libéralité contre Avarice.

A rebours.

Les biens mondains

E   n ce bas monde à chascun et chascune

J   ournellement de donner faiz debvoir.

O   liberalle aulmonsniere, pour voir,

V   eu que ton cueur à tout vice repune.

A   varice as en grand hayne et rancune.

Les biens mondains

S   us toy n'a lieu le fol desir d'avoir;

E   t qui plus est, par couvoytise aulcune,

D   'autruy bien n'as de rapine nesune.

E   n desprisant tous tresors de pecune

S   ans amasser or, argent, ny avoir,

J   ncessamment as acquis du sçavoir.

O   n ne t'a veu estimer une prune

L   es biens mondains et grandz dons de fortune

Charité contre Envie.

L e vil peché detestable d'envie
O ncques à luy ne t'a veue asservie;
I l est congneu. Car en prosperité
S ouvent tu faiz œuvres de charité,
E n demonstrant ta bonté assouvie.

D 'un chascun hayne a tres bien desservie
E nvieux cueur que lascheté convie;
S omme il est tout d'honneur desherité
    Le vil peché.

A ffin qu'aux cieulx ton ame soit ravie,
V ers maintes gens la paix as poursuyvie
O ù bien povoys user d'auctorité.
I njure à nul, tant l'eust-il merité;
E n bonne foy ne commys de ta vie
    Le vil peché.

14

Charité contre Envie.

A rebours.

Le vil peché!

E n bonne foy ne commys de ta vie

J njure à nul, tant l'eust-il merité;

O ù bien povoys user d'auctorité,

V ers maintes gens la paix as poursuyvie,

A ffin qu'aux cieulx ton ame soit ravie.

Le vil peché!

S omme il est tout d'honneur desherité.

E nvieux cueur, que lascheté convie,

D 'un chascun hayne a tres bien desservie.

E n demonstrant ta bonté assouvie,

S ouvent tu faiz œuvres de charité;

J l est congneu, car en prosperité,

O ncques à luy ne t'a veue asservie

L e vil peché detestable d'Envie.

Pacience contre Ire.

L a grand vertu que dame doibt eslire

O n peult à cler en tes faictz veoir et lire

I mpossible est t'eslongner de raison.

S oubz pacience ordonnas ta maison

E s jours passez chassant rancune et ire.

D espit, discord, et murmure encor pire

E vité as, sans quelque injure dire,

S uyvant tousjours ta devote oraison

          La grand vertu.

A ux meschans gens les cacquetz cuydans nuyre

V aincuz rendiz doulcement sans mesdire ;

O ncq en fureur n'entras nulle saison ;

I nfiniz biens et graces à foyson

E ntierement vers toy as sceu reduyre.

          La grand vertu !

Pacience contre Ire.

A rebours.

La grand vertu!

E ntierement vers toy as sceu reduyre

I nfiniz biens et graces à foyson;

Q ncq en fureur n'entras nulle saison;

V aincuz rendiz doulcement sans mesdire

A ux meschans gens les cacquetz cuydans nuyre.

La grand vertu!

S uyvant tousjours ta devote oraison,

E vité as, sans quelque injure dire

D espit, discord et murmure encor pire.

E s jours passez, chassant rancune et ire,

S oubz pacience ordonnas ta maison.

I mpossible est t'eslongner de raison.

O n peult à cler en tes faictz veoir et lire

L a grand vertu que dame doibt eslire.

Sobriété contre Glotonnie.

L e vray miroer des dames de hault prix,

O ù tous les biens du monde sont compris,

J e dy c'est toy, en qui n'est trouvé blasme.

S obre plus que autre et vertueuse dame

E stimée es, dont digne loz as pris.

D ieu te créa pour chef d'œuvre entrepris,

E xquise en meurs et parfaicte en espris;

S ans point mentir tu es de corps et de ame

          Le vray miroer.

A faire excès jamais rien tu n'appris;

V antër te puys que par gloutons perilz

O ncques ton bruyt ne fut reprouché de ame.

J nvincible as le cuer qui raison ayme.

E n toute chose on te voit sans mespris

          Le vray miroer.

Sobriété contre Glotonnie.

A rebours.

Le vray miroer
E n toute chose on te voit sans mespris.
I nvincible as le cuer qui raison ayme.
O ncques ton bruyt ne fut reprouché de ame.
V anter te puys que par gloutons perilz
A faire excès jamais rien tu n'appris.

Le vray miroer
S ans point mentir tu es de corps et de ame;
E xquise en meurs et parfaicte en espris,
D ieu te créa pour chef d'œuvre entrepris.

E stimée es, dont digne loz as pris,
S obre plus que autre et vertueuse dame.
I e dy c'est toy en qui n'est trouvé blasme,
O ù tous les biens du monde sont compris,
L e vray miroer des dames de hault pris.

Diligence contre Paresse.

L e tien vouloir qui scet haultz faictz emprendre

O ysiveté n'a povoir de surprendre;

I l est tousjours de paresse vaincueur.

S ans *si* ne *mais,* par ton diligent cueur,

E n toy se peult tout bien parfaict comprendre.

D e nonchalance on ne te doibt reprendre;

E ntente n'as fors peine pour tous prendre,

S ongneusement servant au createur

      Le tien vouloir.

A ux négligens bon travail scez apprendre,

V ice fuyant, pour vertueux les rendre.

O uvriere es-tu de oster gens de langueur.

I nestimable est ta forte vigueur.

E n faitz et dictz gardes bien de mesprendre

      Le tien vouloir.

Diligence contre Paresse.

A rebours.

    Le tien vouloir

E n faictz et dictz gardes bien de mesprendre;

J nestimable est ta forte vigueur.

O uvriere es-tu de oster gens de langueur

V ice fuyant pour vertueux les rendre;

A ux negligens bon travail scez apprendre.

    Le tien vouloir

S ongneusement servant au createur,

E ntente n'as fors peine pour tous prendre;

D e nonchalance on ne te doibt reprendre.

E n toy se peult tout bien parfaict comprendre

S ans *si* ne *mais*, par ton diligent cueur,

J l est tousjours de paresse vaincueur :

O ysiveté n'a pouvoir de surprendre

L e tien vouloir qui scet haultz faictz emprendre.

TABLE.

—

Ouvrages du même Auteur.

—

L'Opinion et l'Amour, nouvelle contemporaine. Paris, Louis
Janet. (s. d.)

Le Bal des Élections. Paris, Louis Janet. (s. d.)

Isabelle de Taillefer, comtesse d'Angoulême. Paris, Louis
Janet, 1830.

Le Miroir des Salons, seconde édition, augmentée d'*une
Semaine à Paris.* Paris, Levavasseur, 1834.

—

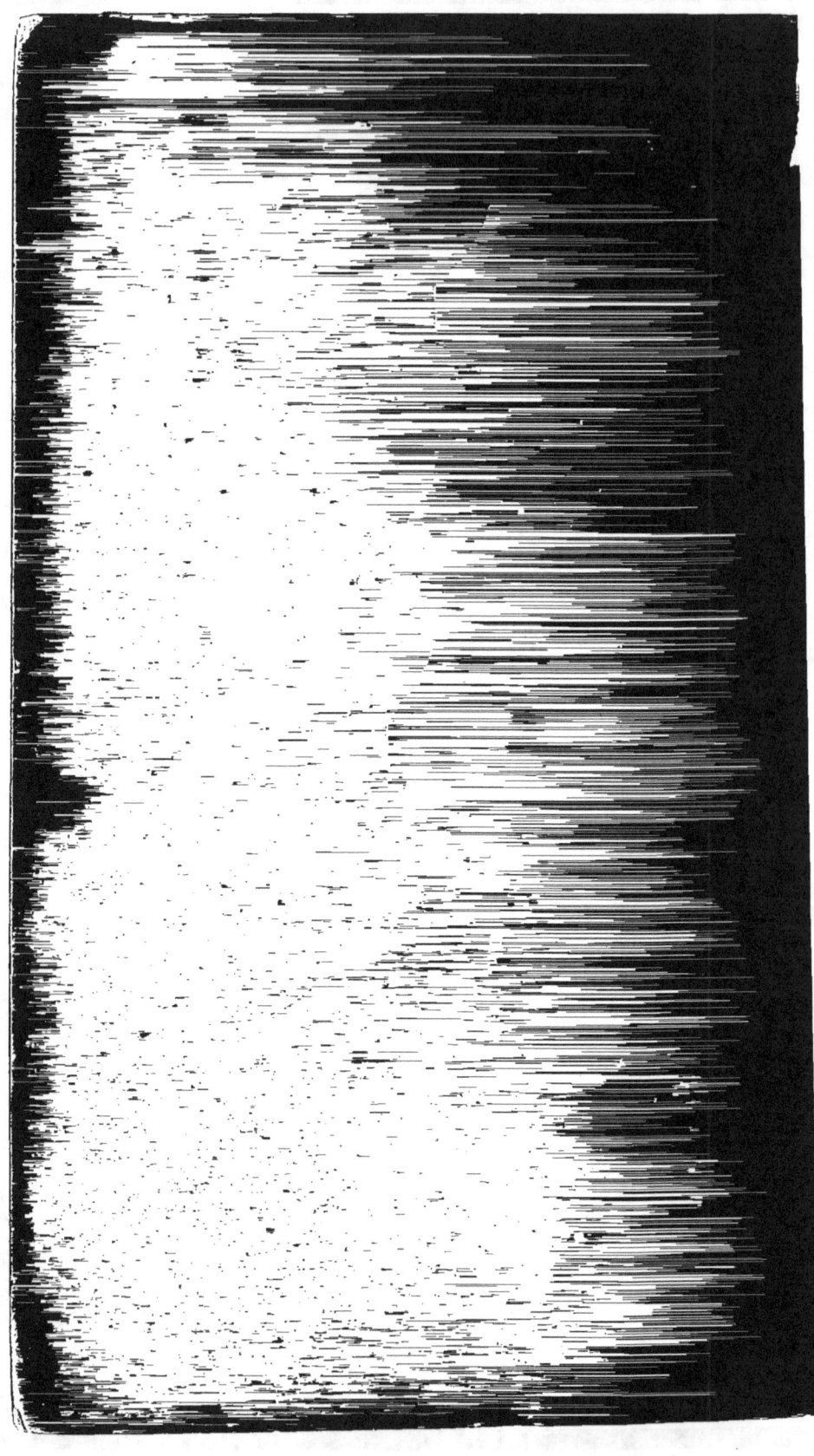